爸爸我要娶，媽媽我要嫁

吳淡如

目次 *Contents*

推薦序　人生有不同的可能，做了才知道／陳名珉 …… 004
自序　滄海浮生，麥桿為舟 …… 006
之一　羊和狼的相處，從來不是幸福的 …… 013
之二　混亂為機會之母 …… 041
之三　當有人不跟你一起跳舞 …… 071
之四　從來不停止的洶湧 …… 101
之五　悲觀有理，但沒有用 …… 133
之六　還能談戀愛真好 …… 165

之七　永不沮喪的鬥士們　……197
之八　每個人都擁有別人想像不到的世界　……229
之九　愛的多元化管道　……259
之十　每一顆心都有自己的疤　……291
之十一　愛情是幸福而危險的事情　……323
結語　不是最終的小節　……347
後記　關於編輯的一點回憶／余宜芳　……357

推薦序　人生有不同的可能，做了才知道

陳名珉

我是因為上中廣的節目認識淡如姊，這已經是四、五年前的事了。當時《我媽的異國婚姻》剛出版不久，她看完了書，邀我上廣播。廣播結束後又問我要媽媽和澳洲阿北的照片看。我翻手機相簿給她看我媽追夫時花枝招展的照片，又讓她看「搞定」之後回歸歐巴桑身分的照片，因為落差太大，淡如姊嘖嘖稱奇。

她說類似的事情在她家也有發生，她也感觸良深，最後她寫了這本書。

網路上發表之前，她問我會不會介意她寫了這個梗？我說當然不會。銀髮第二春的故事是一個開放的梗，每個人都可以從這個梗裡看見什麼、有不同感受。這事不只發生在我家。我家的版本之所以比較為人所知，是因為我後來把它寫出來又拍成電視劇而已。事實上我覺得，站在不同立場，每個人關心的部分不同，寫出來的就完全是不同的故事。淡如姊的年紀和閱歷截然不同，我很好奇她會闡述出怎樣的一個故事。

隨著我年齡增長，回看當年母親毅然離開台灣、澳洲再婚的決定，已經沒有十幾年前那麼震撼了，事實上我越來越佩服媽媽這麼做。因為人入中年，我更理解關於舒適圈的一切，我們花了半輩子適合自己生活的環境、交際的朋友。在自己的舒適圈裡，沒有意外，只有安全。眼前一切得來不易，離開等於完全放棄，投入未知，重新開始。我常常想，如果是我，我也能像媽媽那樣勇敢嗎？也許能，也許不能。人生好多決定無法預先想像。我只能提醒自己永遠不要畫地自限，也不要拿自己的經驗束縛他人。

我很高興無論是怎樣的安排，在現實中、在故事中，在最後，我們都成全了那個勇敢飛出舒適圈的銀髮媽媽，重視她的意願，而不是強制阻攔她。

人生有不同的可能，好或壞，做了才知道。

自序　滄海浮生，麥桿為舟

好不容易，我終於寫了一本小說。

這件事肯定值得我自己感嘆一番，因為，十歲的時候我是「立志」要成為小說作者的。也許對於讀者而言，沒有什麼不同，不過就是字吧，一樣的作者，一樣的字。

我在我常住的巴黎飯店，位於十二區的璞爾曼（PULLMAN）吃早餐——PULLMAN聽起來像POOLMAN，不知道他們當時取名字時有沒有這個諧音忌諱。無論如何，這是一個非常好的跨國上班族頂級旅館，我在其他國家如越南或上海也常住在同系列旅店。早餐極好，豐富到我感覺自己可以飽到晚上。旅行照理說很美好，但是單獨旅行時，住在觀光區看見一絡嘈雜的遊客，常常有種嘈雜的孤獨，所以我常常選擇上班區的旅館，甚至入夜後在餐廳或酒吧裡聽他們用不同口音的英文非常認真在談公事。疫情初過，見識這樣的場面，對於這十多年來同時在運營公司成為一個商人的我來說，饒富樂趣。我喜歡傾聽別人交談，不管用何種語言，觀察別人交談的面容，十分紓壓，只要我……並不是其中一員。

淡淡地看著一幕劇是享受。交談或者答覆問題，對我來說那是日常，但不好玩；可能因為前者我比較像是不需要感覺、隨時要應變的小說作者。小說作者必須依戀著某些在現實世界冷眼人生的觀賞，用眼神下載著電影一般的事實流淌。

你可以說這是一個小說作者都有的嗜好。我觀察過那些比我偉大得太多的說故事的人，他們多半在世人眼中如此地沉默，可能像一個警探，或者像犯案者觀察著隔壁家的動靜。這是從很久很久以前，我在小學課堂上回答導師「我要當一個小說家」之前，就已經培養的樂趣。

那種喜好像一棵百年老樹一樣紮根在我的腦裡。

那時的我是個沒什麼不一樣的鄉下小孩，每天都飄動在各種小說的情節，偶爾回到現實世界的課堂上和家庭中，我生活的世界裡幾乎沒有人喜歡閱讀小說，包括我教書的父母……小鎮裡根本也沒有一種叫做小說家的職業。我的父母希望我當小學老師或銀行職員，鄉下當時也沒有大型公司與上班族……猜猜當時我的老師是怎麼說的？

她一臉慈祥，完全不帶懷疑地對全班同學說：「我也希望妳可以喔。」看，這就是照耀我的最初的光。

因而，不管人生如何浮泛波動，甚至我也常常變更我的職業與謀生方式，我不介意別人稱我是什麼，我知道，我是小說家，在我心中和腦中，在我的靈魂中。

你知道的，老師是成長中的權威模型，可以如何影響著孩子。一個不經意的讚許，不必深究的肯定，也可能讓一個孩子受到如銀河般龐大的感動包圍。

話雖這麼說，當一個小說家，我並不太成功。

在我周遭，我習慣被稱作家，我也一直以「雞湯作家」自我解嘲。

我的確是喜歡心靈雞湯的，至少它可以安慰我自己。

我從三十歲之後被文藝商業社會視為暢銷作家，暢銷的款式是散文，也有許多的兩性散文集。事實上，那個時候我也是被愛情困惑著，我在努力地尋找可能的答案。或者因為我的答案也剛好是大家想要的答案吧。所以這一類的書，套句俗話，是安慰許多和我一樣曾經差點被現實世界搞到崩潰的心靈。

那段期間，我寫過一些三千字不到的「小小說」，每個題目是一個故事，因為出版社說，工商社會大家沒有耐心看長篇小說，所以我也從善如流。也許當時我的能力還不足以駕御長篇小說，只要超過八萬十萬字的，皆成為票房毒藥。出版社們很在意，為什麼我偏要把這些不暢銷的東西讓他們出版，怎麼不是兩性雞湯暢銷書？出版商習慣於檢討作者。表面上作文化事業，但是比任何商品的製造商更在意短期銷售成績。

只要有一本書賣得不好，總有人比作者本人更擔憂他過氣。

有關於寫小說，我很難過氣，因為我知道，我尚未成功過，還未成氣候。

能夠暢快地寫小說，是我的初衷與願望。就算我的才華不夠，只能寫現實世界只要具備閱讀能力的人就能看懂的故事，永遠得不了什麼高深的獎項，也無法咬文嚼字地寫出什麼讓人腦洞大開、進入哲學之路的作品，我仍然享受著寫小說這件事所產生的 FLOW。

有關這部小說，出版社一直認為應該有篇「序」，我從善如流，但是我的看法是：事實上所有好看的小說，作者根本不應該自己寫序介紹什麼，作品本身從第一頁開始，就應該能夠捕捉讀者的注意力。

你有看過真正的小說作者，比如JK羅琳，在第一頁教你如何讀哈利波特的？請原諒我不自量力，拿這麼優秀的作者來比喻。

一個蹩腳的小說家才會很努力的說，你看，我用的是多麼特別的寫作手法……我用的是意識流，後現代解構主義……喔，你要看出我偉大的隱喻，如果你看不出來，那就是水平不夠……

以我的觀點，任何嫌棄讀者品味的作者，都只不過在狂妄地自戀著，就讓他們找到同溫層。就讓我走自己的路吧。

我喜歡寫簡單的故事，好懂的故事，流暢的故事，至少不讓我自己腦袋打結的故事。如果必須費解才能寄生上流，那麼就讓我和俗套和膚淺做朋友吧。

這個序，與我寫的故事無關。如果一個小說作者要解釋自己的故事，讀者才能進入那道門的話，實在很荒謬。我寫的是我的浮生細感。

之前我也從來不請任何人幫我寫序。讓人來解釋你這部書寫什麼，寫得有多精闢，還做重點提示，那可就更荒謬了。

是的，我寫了許多本書，從來沒有請任何人來寫過關於那本書內容的序。幾十年來，我也未曾幫任何朋友寫序，我會跟朋友說，如果你要我掛名推薦，只要作品不傷風敗俗，那麼名字拿去用吧（然後我真的看過列出一長串推薦人的書，像是長得像手風琴一樣的名片，只顯現出作者的沒自信，不過還真的是目前各出版社習以為常的作法；正如我看過某種商品，找了一百個名人推薦）。別人寫的序，通常是應酬文章，如果你寫得不好，我又不能說真話；如果你寫得很好，就讓作品說話。互相吹捧，我不想。我只想要寫一個好看的、發生在現實世界的故事，請不要問我，靈感從何而來，而故事裡頭的主角是誰。

這本書，的確在女性角色上用了一位傑出作者陳名珉和我對談時給我的靈感，不過我也跟她說了，我寫的不是妳家喔，不完全真實才是小說；同時在男性角色的塑造上，的確也摘採了不少朋友或親友、報導中曾經出現的故事為動因。

這麼講就是希望大家不要入戲太深，對號入座。

人間邏輯，一切都是通俗情節。這些人可能是你，是我，是芸芸眾生，是每一個你我都可能認識的人。沒有影射誰，又全部都在影射誰。

這就是滄海浮生，我們，都企圖抓住某些東西，證明自己存在過，也許是愛，也許是財富，也許是叛逆，也許是控制，也許是自由。就算那個東西像麥桿一樣，毫不可靠，但是我們卻充滿希望，期待它是一艘能夠讓我們航行在澎湃大海的船。

冬天天亮極晚，寫到這裡，天邊剛剛露出淺淺的藍，我準備搭車到歐洲之星的北站，到倫敦找朋友，開始另一個旅程。

能夠為自己寫序，我總是倍感興奮。序是小說寫作中最不受情節拘束的自由。

這是序，這也不是序。這是我在這個星球上的某一天，我書寫的某個感想，而同樣在這個星球上的某一天，你看到了。

我要說的只是，能夠寫完一本小說，對我而言，是人生極重要的事，在我的志願中，像一顆星星被點燃了，不管有沒有人看見。

之一

羊和狼的相處，從來不是幸福的

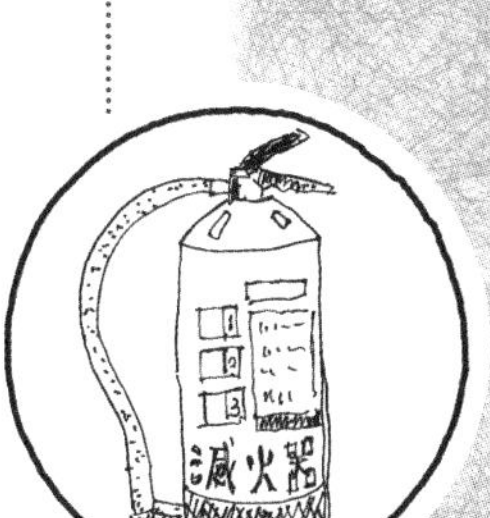

大清早，六點半，意文揉了揉眼睛，心裡罵了一聲：「混蛋，誰敢在這時候叫我？」

還有誰呢？當然是她媽。不只大聲吼叫，還「唰」一聲地把窗簾全部拉開，一大片陽光落進來，她像個害怕陽光的吸血鬼一般，趕緊把頭埋進被子裡。

「妳知道發生什麼事了嗎？」一種唯恐天下不亂的口氣，一如往常。

「發生什麼事，都不關我的事……我拜託妳好不好，我昨天半夜三點才睡！」可不可以饒了我？去公園找妳認識的三姑六婆聊聊就好？後面那一串抱怨像山泉水一樣湧出，但是意識模糊的她並不敢把全部的抱怨說出口，以免引起接下來的火山爆發。

「快起來！我們去參加告別式！趙太太她們要出發了！她們要讓我們搭便車！」

告別式？誰的？

「誰死了？我怎麼不知道……」意文囁嚅著。

「妳每天那麼晚才回來，妳當然不知道！走，快換衣服，我幫妳找一件衣服好了，反正妳的衣服黑摸摸的，每一件都很適合穿去告別式！」

眼看著媽媽打開她的抽屜自己搜尋起來，意文在一瞬間清醒：「喂，妳不要亂弄我的東西！」

「說真的，光看妳的衣櫥，就知道妳嫁不出去！不是白的，就是黑的，一點女人味也沒有！」

「喂，我自己找，妳別動！」意文從床上跳了起來：「妳先出去我自己來！」

總覺得自己的衣櫥裡可能有什麼祕密，會被媽媽不經意地找出來。什麼東西？意文也不明白，她就是非常不喜歡有人打開她的衣櫥、抽屜或包包，那種感覺像忽然被人脫光了衣服檢查身體一樣。

「好，妳趕快，十分鐘後要出發，桌上有豆漿，喝了就走！」

是誰的告別式？我為什麼要參加？意文換上黑色衣褲，隨意把頭髮梳好，喝了豆漿之後，還在百分之百莫名其妙的一團霧中。

不到十分鐘，她已經在隔壁趙先生、趙太太的車裡了。

她的母親李美雲，穿了一身黑衣，仍然是非常特殊的存在。從年輕時候的二十二腰到四十腰，膨脹了將近一倍的李美雲，穿了一件黑色的便宜蕾絲襯衫，裡面穿著黑色的小背心，白皙的肉色彷彿要從緊繃的黑色蕾絲空隙中蹦出來，下頭是一件雪紡褲裙，以她的年紀而言，顯得太青春洋溢了些；而以參加葬禮而言，又顯得太性感了些。趙太太當然也發現了，她特意用一種不帶揶揄的語調說：「黎太太，妳穿黑色還是這麼漂亮！」

「唉喲，我最討厭黑色了。我的衣櫥裡根本沒有黑的，找來找去，還能穿的就是這一件，都是十幾年前買的，差一點擠不下去。沒辦法，就將就啦！」李美雲說。然後她用手指點了一下坐在身邊的意文：「喂，妳到現在還不知道是誰走了對吧！」

意文沒有答腔，滑手機裝忙。

李美雲很不滿意：「妳這個人怎麼這樣，好像只活在自己的世界裡，完全不關心別人！」

「是……哪位？」

「B棟五號十三樓的呂先生，很多年以前當過妳爸的長官，八十八歲了！真可憐，走了三天才被發現，聽說味道都出來了才……」趙太太補充說明。

相較於意文的母親李美雲，趙太太的聲線低了很多。

「就是嘛，太可憐了！」李美雲發出嘶啞爆裂般的聲音時，意文覺得耳膜都被震痛了。「說真的他的鄰居是誰呀，也不關心他一下！太過分了！」

「……那也沒辦法，我們雖然跟在他同一棟，也不認識那一家。那一層沒有我們認識的，原來的都搬走了，都是這幾年新買的！」趙太太說：「我們……本來也以為呂先生去住養老院了，聽說有一度去住養老院的，後來又自己搬回來，他那個人，本來就有點孤僻，跟別人處不來！」

「沒有家人和他住？聽說他有個兒子在美國，拿博士？是不是？」李美雲說。

「拿了博士，就不可能回來啦。我們家趙大勳也是，多少年沒回來了！」趙太太說。

「妳記得呂先生嗎？」李美雲冷不防拍了黎意文一下，她太專心看訊息了，大大嚇了一跳。媽，妳說話就說話，可不可以不要帶那麼多手勢？還侵犯到我的「肉身」！這樣我會被妳嚇到……

意文還沒把這話說出口，李美雲先開口了：「妳可以不要那麼認真看手機嗎？大家都在車裡，難得的緣分！跟大家聊聊天行不行？我都覺得我上次跟妳講話是去年的事了？每天都回家，但是都像住在外太空似地……」

這難道不是妳造成的嗎？還是一句被埋在喉嚨裡的ＯＳ。意文想起妹妹，黎憶恩，她的房間總是空著……應該不能說是空著，只是沒有人而已，裡面的東西滿滿的，像一個堆滿雜物的外星人太空船，塞滿了她這一輩子都用不到的東西。如果不是偶爾回來尋找某些「配備」，這個外星人是不會回到她的太空船裡的。她混得怎樣了？現在又染成什麼奇怪的髮色？上次媽媽對妹妹說：「妳再這樣把頭髮染成忍者龜的顏色，一定會致癌的……」妹妹冷笑了一聲，不置可否，然後又是半年沒有回來。說真的，她還真佩服妹妹的勇氣，為什麼她做不到？

「我在跟妳講話妳有沒有聽見？」

「啊？」

李美雲說：「我們現在在聊——呂—先—生！」

「誰是呂先生？」黎意文一愣。

全車的人都笑了。趙太太說：「我們現在要去參加他的告別式的那一位。」

「我們一車子都穿得像烏鴉，就是為了要去跟他說再見！妳這個人還真的是住在別的星球！」李美雲說。

「喔。」真的，沒有什麼印象……如果有，也像是上輩子的事。黎意文的聲帶無聲地顫動著。

「他年輕的時候脾氣不是很好，妳爸爸年輕時曾經當過他的屬下，當時我們家住的這棟在抽籤的時候，妳爸還跟我說，他只要不要抽到和呂先生同一層就行。後來我們抽到了A棟，妳爸爸還很高興地把妳舉起來繞圈圈……好高興的！那個樣子我都還記得……」

說起他們現在住的這個社區，本來是一個公家單位的舊宿舍，以前只要是某個職等以上的員工，都可以申請住在這裡。隨著機構漸漸擴張，僧多粥少，住不下了，舊宿舍用地被用來改建，當時所有的員工都可以選擇優惠買房或者是拿住房津貼補助，黎意文認為這是她爸爸做過最正確的抉擇。這是這家公家機構民營化之前的事情，當年爸爸雖然還是個小職員，還是非常勇敢地參加了抽籤，並且抽中了一戶三房空間的購買權。舊宿舍的位置實在好，根本就是在城市的蛋黃區，雖然現在這年紀和她差不多的房子，已經成為這座城市最老舊的電梯大樓，外表看起來也比實際年齡更陳舊，還有各式各樣的剝落老化蛀蝕問題，但是這老房子的價格，還是隨著年代久遠飛上枝頭。大概都有原來購買價的七、八倍了。意文爸爸在兩年前去世之後，李美雲生活無虞，主要靠的就是這間房，還有爸爸當年存下來的銀行股的股利。爸爸的確是個可靠的男人，也辛苦他了，他是怎麼忍受永遠聒噪不已，情緒時而颳龍捲風的媽媽？愛情真是難以言喻。黎意文掉進和母親完全不一樣的沉思裡。

「嗚……嗚……」伴隨著鼻子的抽動聲，李美雲的聲音忽然變調了，從歡喜的聲線下降到悲哀的小調，真的只要半秒。意文看著母親，憑著過往經驗，她知道之後大概會發生什麼事。

「妳爸爸真的是我在這個世界上唯一的親人，他走了，我沒有一天不想他，昨天晚上我還夢見他帶我去看電影，我還記得那部電影叫作《小城故事》，鄧麗君唱的那首歌有沒有……自從他沒有睡在我旁邊，我每天都嚇醒……」李美雲抽抽噎噎地說。意文面無表情地遞過兩張衛生紙。

我能做的就是這些了，千萬不要引發她的情緒。要不然，等一下又是水災。她對自己說。

還好趙太太開口了，一貫平靜的口吻，聽說趙太太在退休前是個老師，還拿過優良教師獎，講話總是慢條斯理像在教書，抑揚頓挫都很斯文：「別哭了，事情都過去了，再傷心也沒有用，唉，人家說，上天就愛作弄人，恩愛夫妻就是很難到白頭。我很少看到像妳和小黎那樣，幾十年來感情還那麼好……」

「對啦，我就是水（美）人沒水命……」李美雲誇張地嘆了口氣。

有人這樣說自己的嗎？黎意文竟然有想笑的感覺。她也很懷念爸爸，不過，她想笑是另外一回事。媽，如果不是妳每天那麼認真地煮中風菜，什麼豬腳啊、滷大腸啊、炒回鍋肉啊給爸爸吃，爸爸的腦血管也許可以再耐用一點。

真是惡魔的聲音——黎意文非常清楚，這些內心的獨白永遠不會見天日。她是個不敢反抗的天生反骨。不然，她早就離開家了。

「我們家老公真是好人，妳看，連我生兩個女兒，沒有生兒子，他一句話也沒有，從來沒有怪我……」李美雲說。

黎意文瞄了一下車窗上的反影，看見媽媽的紅眼眶，心想，真是最佳編劇的人選，又來了，又掃到我身上來了。她的老習慣，全要牽扯上才甘心如意嗎？

還好，「到了。」趙先生說。趙太太輕輕幫他拍掉黑色西裝上的頭皮屑。

「來，擦乾眼淚吧。」黎意文小聲說，又抽出面紙來給媽媽。

「無所謂，」李美雲說：「我們參加的是葬禮，人家會以為我為呂先生很傷心，這樣剛剛好，如果妳爸爸還在，他也會希望我為他的長官傷心的！」

聽說呂先生很早就替自己買好了生前契約，所以雖然他過世了一段時間才被大樓管理員發現，這個葬禮卻也被安排得十分莊嚴。輓聯貼得滿滿地，民意代表們都到齊了，會場上擺滿了白菊花和白蘭花，淡淡花香和人們的汗味揉合在一起，鑽進了意文敏感的鼻子裡，殯儀館的禮廳冷氣開得很強，一切都很莊嚴肅穆，大家規規矩矩地坐著，等著要跟他致敬。

「呂先生的獨子沒回來嗎？」李美雲問。

「我怎麼知道？」意文回答。

「不好意思喔，我問錯人了。」李美雲轉頭去問趙太太。趙太太說：「我也不知道。我上次看到他兒子，應該是呂先生告訴我，他要去美國念什麼博士的那一年，都不知道是哪一年了……十八年前有沒有？年紀大，不記得了。」

呂先生的親人席那邊，只有一個少年，他穿著全套孝服，看年紀應該二十歲不到。是呂先生的孫子嗎？

「那是呂先生的誰？孫子嗎？怎麼沒聽他說過……」

李美雲和趙太太一直低頭私語。還好司儀的麥克風聲量開得極大，遮住了李美雲就算低語也還算宏亮的嗓音。也還好，他們坐在最後排。

有幾個人是面熟的，應該是住在同一社區裡，呂先生的舊同事吧。

那個少年低頭，把手藏在寬大的麻蓑裡，沒有表情，嘴角也不動一下，也不看任何人。不管儀式進行到哪裡，似乎都與他無關。

「現在進行公祭，請來賓準備……」

當司儀這麼說時，黎意文忽然看到一道燦爛紅光，夾雜著人們的驚叫聲，推擠，以及鐵椅子倒地的金屬聲……包括她自己的尖叫聲……

雖然是白天，但是這個擠滿人的小空間忽然暗得像地獄一樣。人們推擠著往光亮的地方衝出去，不時聽見老人的哀嚎聲：你踩到我了……唉喲喂呀……

忽然之間，整個屋子的雜音都聽不見了。只剩下她自己的心跳聲，像打鼓一樣，然後她本能地往外衝，才剛到門口，恢復正常呼吸時，一想，不對勁啊，媽媽呢？趙太太呢？趙先生呢？她可是跟著三個「老人」一起來的……

她轉身衝回小門，和所有的人潮反方向。還好呂先生的朋友不算太多，頂多就是鄰居和從前同事，當她回頭轉進靈堂時，除了一兩個跌倒在地上正企圖緩緩爬起來的老人之外，裡頭也沒有什麼人，也沒有火光了。這時她看見一幅只有在《復仇者聯盟》電影才會有的景象……

奇異博士正在和冰人對峙著，沒錯！她再定睛看了一下眼前的景況：一個微胖的奇異博士，拿著一個巨大的武器，噴出雪花一樣的毒液，迅速地把離她大約三公尺遠的一個削瘦的人形變成了全身雪白的冰人，那個人摀著眼睛，滾在地上哀嚎，而奇異博士完全沒有停手的意思，他似乎噴上癮了，想要把冰人加強冰凍，搞成一個冰箱……

「我看你還敢不敢！」非常宏亮的聲音……

「媽！」尖銳又脆弱的聲音由意文的喉嚨裡噴湧而出。

每個孩子都會認得自己的媽。儘管她一身黑衣也被噴濺成雪花白，不像奇異博士，剛剛映入她眼中的一抹紅，其實是滅火器的金屬外殼，她的母親正是拿著那凶器的人，身上黑黑白白，比較像《一〇一忠狗》裡面……最胖的那一隻！

「媽……」

「妳別過來！」李美雲迅速發出命令聲：「妳給我趕快出去！以免被火燒到，醫藥費很貴！」

「哪裡有火？沒有火了！妳別再噴他了！」黎意文大喊。眼看著那個冰人，恐怕已經給李美雲噴得窒息而死，現在躺在地上一動也不動。

糟了，是命案了！

「妳不要頂嘴，妳給我出去！我來解決就好！」李美雲吼起來依然虎虎生威，不管在任何狀況。

「妳冷靜一點！他沒氣了！」黎意文聲音大起來的時候，也不會輸。她快步走向前，蹲下身子，檢查那個冰人的狀況。難聞的焦味鑽進她的鼻孔裡，她幾乎和李美雲同時不由自主地發出「呵，好臭！」的抱怨。

仔細一聽，那人還在哀嚎，還好……活著呢！黎意文企圖撥開他鼻子前面厚厚的白色霧狀噴劑，但他哀嚎得更大聲！忽然間，她發現自己手上滑滑的，一看，那是一塊……燒焦的皮膚嗎？太可怕了，太不可思議了……她眼前一陣白光，原來是好多星星一起聚集過來……這個時候怎麼會有銀河呢？

然後她聽到從遠到近像海浪一樣傳遞著「警察來了！」的叫聲，安心地倒地……

「她沒事，妳不用擔心了！」

有人握住了她的手。

黎意文睜開眼睛，迅速地又被太亮的光線逼著闔上眼皮。亮亮的，至少不是地獄，或者應該是天堂……

「醒來了！」應該是人間，那是李美雲的聲音沒錯。比魚市場的魚販叫賣聲還響亮，無疑是人間。

她徐徐睜開眼睛。

「糟了，現在幾點？現在是哪一天？」她忽然坐起身來：「我要上班不是嗎？」

「妳還想要去上班喔？我幫妳請假了。」李美雲扶著她，靠得很近，她身上的溫度不斷地傳到她略略發抖的背部。「如果不是我學過CPR，妳現在就只好去閻羅王那裡上班！」

李美雲洋洋得意地說。

這個房間裡，除了李美雲，似乎還有別人。黎意文平時在書店上班，非常注意是否有大嗓門的顧客，完全不顧慮其他人的安靜需求，所以只要是在有其他人的場合，都會不自覺地壓低聲音說話，李美雲那種旁若無人的亮亢，眾絃俱寂時獨特的宏亮嗓音，是她相當害怕的，也是她幾乎拒絕與李美雲一起出現在公眾場合的真正理由。如果不是一個看起來必須基於道義出席意思意思一下的葬禮……

房裡果然還有別人，除了李美雲，她眼前坐了一個瘦削美麗的中年女子，穿著灰色的連身褲裝，精明幹練的樣子。

「醒來就太好了，沒事了。謝謝妳們來參加葬禮，不好意思讓妳們擔心了！」女人說。

她又對李美雲輕輕鞠了個躬：「謝謝妳啊李小姐，如果不是妳，這個孩子恐怕會燒傷得更嚴重。現在應該沒太大問題……」

連離開的背影都是優雅的。「她看起來有點面熟，好像上過電視。」李美雲喃喃自語。「她說她先生是呂先生的什麼人……唉，現在記憶力不好，一聽就忘了」

黎意文心裡想的是：她年紀應該沒很小了，雖然看起來仍然美麗。歲月還是會留下痕跡，只是對於有錢保養的女人比較客氣。

在不太能發出聲音的書店工作，何況做的也不是顧客服務，她已經非常習慣跟自己對話，就算她不打算有什麼意見，腦袋也會自動浮出一些連她自己都覺得無聊的OS。

「她是誰？」

「妳先管妳是誰！說，妳叫什麼名字？我是誰？」李美雲說。

「妳別搞笑了，我又不是失智老人！」

「那妳記得發生了什麼事嗎？」

「我……」其實，她全部記起來了，在剛剛消逝的一分鐘裡。她記得奇異博士和冰人的大戰，在極短時間內，奇異博士獲勝，並且把自己變成一條一〇一忠狗。

她忍不住嘴角上揚。

「差點是個悲劇，妳還笑！」李美雲繼續扯開喉嚨：「那個小孩太可憐了，不知道去哪裡弄了一瓶酒精，然後拿打火機把自己點著，唉喲，可能是受到很大的刺激吧！如果不是我上個禮拜剛好在社區大學學到滅火器的使用方法，那麼就會很快地燒起來，整間都跟著燒起來！多虧我一進門，就開始注意滅火器放在哪個角落！果然！好像有第六感一樣，事情就這樣戲劇化地發生了！」

是這樣的嗎？意文看著母親說故事的樣子。誇張是李美雲的強項。這會兒果然如願把自己說成超級英雄。

「醫生說如果不是我，這個小孩的燒傷面積會更大，現在只有百分之二十，不會死！」

這裡需要掌聲嗎？妳小聲一點啦。還是沒說出口的話。

意文已經注意到，這是醫院的病房，還有其他兩張床。並不只她和母親而已。但她不敢阻止李美雲，李美雲是個 High 咖，在她興高采烈時阻止她，會引起海嘯似的反抗，她……會更大聲！

「還有我也用我去年學的CPR把妳救活了！妳真的沒用！什麼也沒做，看到那個小孩就像看到鬼一樣的暈過去了！妳的心臟也一定有問題，我已經請醫生幫妳做檢查！我看妳跟妳爸爸一樣，基因都不好……」

黎意文刻意不讓李美雲往下發揮，不然，一扯到爸爸，沒完沒了的陳年故事，又可能延續一個小時，別的病床的人是來治病的，又不是來聽說書的……

「咦？妳也受傷了？」她發現轉移話題的方法了。雖然這個發現帶著某種疼惜與震驚。李美雲的左手臂上，有一片長長的紗布包裹。

「這個喔，」李美雲皺了皺眉頭：「這個沒事，醫生說是二度燙傷，不久會好，只是現在有點痛。進廚房沒有不被油濺到的啦！這就是我拿滅火器要噴的時候，不小心被火燒了一下！我那時候還聞到好像烤乳豬的味道……」

雖然很小聲，但意文聽到被簾幕遮著的隔壁病床有人似乎輕輕地笑了出來。

李美雲我很佩服妳，妳就是這樣樂觀而且很會找話題！意文咕噥著。就在李美雲似乎受到隔壁床笑聲的鼓勵，想要繼續發表的時候，有人輕輕打開了門。

「妳的故事很精彩，不過，可以小聲一點嗎？這裡不只有一床病人！」

一陣靜默。

黎意文想為這位勇敢發言的人鼓掌，但不到一秒鐘內，她發現進來的人是她的妹妹，好久不見的妹妹。

黎憶恩？

有多久不見了？兩年？她連年夜飯都沒回來，連她在哪個國家，都沒人能夠徹底掌握。

此時的她變化很大。聲音算是熟悉但也有一些滄桑變化，可能是因為抽菸把嗓子搞啞，只能憑著從小就開始的姊妹悄悄話所帶來的記憶。

只有她敢這樣對待李美雲。這樣久不見，一樣說真話。

黎憶恩極瘦。頭上的髮色像一把不小心被紫色油漆噴到的枯乾稻草，那是全身唯一有色彩的地方，她臉色極蒼白，脂粉不施，穿著一身黑衣服，黑色的馬汀大夫鞋，看身形的話，你會誤以為這是個跳街舞的青少年，不過，黎意文注意到，妹妹臉上已經有很深的法令紋，因為太瘦的緣故。那樣的臉部線條似乎在明示著，她消失的日子，過得並不好。

好巧啊，算一算上次看到她，應該也是在葬禮吧，她們爸爸的葬禮？之間有見過嗎？或許有，她好像有趁著媽媽不在的時候，回家來拿衣服什麼的。

「妳沒有先叫媽媽？」李美雲又發出她的責難。

整個社區的人都認為李美雲熱情、情商又高，只有黎意文知道，她在面對兩個女兒的時候，情商和智商有多低，盆破罐破都不知道要喊卡。

黎憶恩沒有理她，看了看姊姊，用狐疑的眼神說：「妳沒事吧？」

又看了看李美雲：「妳也好好的，就是……燒傷！」

「不然，妳是希望我們怎樣？這是醫院，不是殯儀館！」李美雲大吼。

意文不小心聽到，隔壁床的又在偷偷笑了，顯然對於這一幕臨時上演的鬧劇感到非常有趣。

「也太誇張了。」黎憶恩坐在床沿，和李美雲對峙在長方形兩個最遠的角落：「通知警察找我，說我的家人因為火災都被送醫，沒有人簽急救同意書？」

「妳打電話給警察？」黎意文很後悔自己問了李美雲這句話。廢話，不是她做的，還會是誰做的？你說大嗓門的人一根腸子通到底？才怪！李美雲的心機，向來不是普通的深；可是有時候，情商不是普通的淺……

黎意文盯著妹妹手上的八個手環直瞧。不是銀的，就是黑的，還有編織的繩子加上黑色羽毛，這是印第安人還是波西米亞人喜歡的呢？掛這麼多個，到底想要表達什麼？無疑的，她對妹妹的好奇顯然勝過妹妹對她的好奇，那種好奇也可以解釋成一種羨慕，如果妹妹是一隻自由飛翔的烏鷲，那麼她不過是一隻自願關在籠子裡的鴿子，本來也嚮往藍天白雲什麼的，呵，自由是那麼艱難的一場幻想中的夢。

妳逃得那麼快，讓我連逃走的可能都沒有。

她多麼希望有一天，能夠用最大的聲音把這句話吼出胸口來。

「妳逃……我是說……妳的手環真好看……」意文小聲說。是的，她必須轉移注意力，否則有一場戰爭就在眼前，即將掀起。

「我猜得出，一定是妳在說謊！為了不要當一個妳眼中沒心沒肺的人，我來了，而且我還從很遠的地方趕過來！結果，也只是證明了妳在說謊……」黎憶恩這幾句話說得有氣無力，但是意文可以感覺，她似乎連靈魂都燃燒起來了。黎憶恩並不迴避戰爭，甚至，她好戰，才有今日。雖然很緊張，但是意文還是用驚嘆的眼神看著妹妹的備戰姿勢。

「我不說謊，怎麼會看得到妳？」李美雲仰起了她的下巴，雙下巴收縮成驕傲的單下巴線條，用一種勝利者的姿勢看著兩個女兒。「何況我是真的受傷了，而且我還救了很多很多人，憑著我是妳媽這件事，妳就不能夠對我不聞不問，而且妳姊姊差點死掉，我就只剩下妳這個女兒……」

沒有人敢喘息。連黎憶恩都沒說話。過了一會兒，意文說：「妹，妳急著趕來，應該很累了吧，喝杯水？喏，這瓶給妳！」

「謝謝。」黎憶恩接過水，咕嚕嚕灌了半瓶。

「妳……怎麼這麼瘦？」在這空檔，李美雲盯著二女兒看。

「我不是回來跟妳吵架的！妳不要一開口就嫌我好嗎？」憶恩說。雖然語意也還帶著刺，但話語中的硝火氣息似乎降低了。「我也是……怕妳們真的燒得讓我認不出來……」

「喂，別刺激她！」意文眨左眼跟妹妹打暗號，這話還是沒說出來，說出來的話，李美雲肯定會判定，她站在妹妹那邊共同抵抗她，會沒完沒了的。這是她跟妹妹從小打的暗號，右眼表示沒事了，左眼表示要她冷靜、低調，沒事為快樂之本，大家平安度日最重要。

憶恩抿抿嘴，表示：我知道。

這個家庭，災禍都從言語來，兩人本來有默契，如果能不惹李美雲就不惹比較好，只不過有時就是忍不住。黎憶恩忍不住，李美雲忍不住，只有黎意文常常忍住。

「我不是嫌妳瘦，我是關心妳不健康！我沒有看妳這麼瘦過，怎麼把自己養成這個樣子……」

「妳放心，我沒吸毒！」黎憶恩吐出了這幾個字。

薄薄塑膠簾幕隔著的那一床，又笑了，黎意文真的好擔心他會忘情地拍起手來。自小她就知道，眼前這兩個全世界血緣和她最親近的人，只要相處在同一個空間裡，就會演一齣好戲。

吸毒？虧她這時候回答得出來。的確，在黎憶恩念中學開始非常不聽李美雲指令時，李美雲罵了她好多不堪的話，大概那些狗血連續劇裡頭可以連珠炮罵的，都紛紛變成了李美雲罵女兒的臺詞。什麼「妳一定是吸毒了才會變這樣……」、「妳如果給人家搞大了肚子妳這輩子就完蛋……」、「妳是個讓祖宗八代都想要吐妳口水的小太妹……」她好像還曾經押著女兒在家裡的神明公媽桌前下跪，要她叩頭認錯……還曾經故意把女兒的頭髮剪成狗啃骨頭，只因為她認為這樣就可以阻止男人喜歡她，還有……

這些都是意文親眼所見，絕無虛報。雖然對象不是她，但是身歷其境的她顯然比妹妹受到更多的驚嚇。然後……她承受的副作用，顯然也比妹妹要大。

李美雲可能已經忘記自己如何辱罵過女兒。她跟隔壁家太太或社區管理員吵架的時候，也是口不擇言，不過，要不了多久，她就會拿著一些自己做的東西或小甜點去道歉，有時候是逼著意文去當和事佬……通常的說辭是：「我媽心直口快，請不要在意，她是刀子嘴豆腐心啦……」妙的是大家也都習以為常了。最佳公關人才總是很容易被原諒，因為她先原諒自己了。黎意文曾在日記裡寫道：讀到「沽名賣直」這句成語，我才知道兩千年前就有這樣的人在古人面前出現，他們臉不紅氣不喘地活著，這世界上的人都有錯，就是她沒有，只要說自己很直，也就一「直」天下無難事了。

忽然瞥見李美雲眼眶紅了：「媽媽沒有這麼說，好不容易看到妳，妳不要脾氣這麼衝好嗎？讓我來看看妳，妳……兩頰都陷下去了，瘦得像隻猴子，不要虐待自己啊，就算要當藝術家，也要好好吃飯啊——懂不懂？」

「如果妳和妳姊姊身材平均一下，那就很完美了，兩個人都可以去選美……」李美雲說。臉上突然像雨過天青一樣迸出一個溫度好燙的笑容：「來，媽媽抱一下！好不好……」

也不由得拒絕，她已經繞到黎憶恩的身後，給她一個無尾熊抱！

連意文自己都紅了眼眶。真會啊，媽。我不如妳十分之一。妳一直當家庭主婦，真是委屈妳了，什麼樣的公關危機妳不會處理？應該到總統府當資政才對！要不，妳也可以去選民代，他們恐怕變臉都沒妳快！

黎憶恩剛開始像一座雕像，後來，整個人像震動機一樣地抖動著，然後漸漸平息，好像被李美雲的擁抱高溫溶化了一樣。

「人家我真的很擔心妳們……」

看起來威武不可一世的黎憶恩忽然變成了一個柔軟的小嬰兒。

如果妳早一點對她這麼溫柔，不是很好嗎？意文又在心裡說。看著眼前擁抱的兩個人，意文有點羨慕她們的快意恩仇。其實，個性最像李美雲的是黎憶恩。雖然她們是完全不同的兩個人，黎憶恩是受過高等教育、並且有藝術細胞的小李美雲。而自己，個性像爸爸，總是在忍受著什麼，只要世界大戰不要在眼前發生，就可以假裝安居樂業一輩子，就算被關在監獄裡，肯定也會得什麼優秀犯人獎。他們在衝突發生時，會安靜地讓自己變成一頭羊。這樣……真的好嗎？羊和狼的相處，從來不是幸福的。

看著黎意文又在發呆，老是不明所以地、遲鈍地在放空，李美雲伸出一隻手把大女兒也兜進懷裡：「來，我們一家三口團聚一下……」

「唉喲，好痛！」黎意文大叫。原來，自己的右手上也包著紗布。她也燒傷了？現在才發現……

「齁，叫那麼大聲，妳很破壞氣氛吔，不會暫時忍耐一下？我也有燒傷，比妳還大片，我都在忍耐，一聲也沒吭，媽媽真偉大！」李美雲撇撇嘴不屑地說。

在母親懷裡的黎憶恩，和姊姊互遞了一個無奈的眼神，隔壁那床，傳來隱隱的抽噎聲。護士推開門進來說：「午餐時間到了！」

不過，母女之間的溫柔也沒有維持很久。李美雲問了一堆事情，比如現在有沒有男朋友？有沒有工作，靠什麼過日子？在哪裡住？黎憶恩都沒有回答。輕聲說：「我很好，妳還是不要問的好。」

以前只要這麼說，李美雲肯定會大發飆，不過這天，李美雲「竟然」沒有生氣。到了黃昏，她竟然還說自己要去上社區大學的課。這是學期第一堂，她不能缺席。

講起要去上課，李美雲的眼神帶著興奮感，好像剛發生的災難都已經被她拋到外太空去了。「我拜託了很久，醫生同意明天幫妳做健康檢查，像妳這種莫名其妙會突然休克的，實在有生命危險，我擔心妳跟妳爸一樣……」

「妳什麼時候去報名？」黎意文很訝異自己完全不知道。這個從來沒有愛好知識傾向，打從出娘胎以來沒看過她看八卦雜誌以外的東西的娘，寫五個字至少有一個錯字的娘，連手機語音都不會改錯字的娘……竟然會去上課。如果她沒記錯的話，她這個媽的學歷是初中畢業，高中只念了兩年，就因為家境因素去打工，然後認識她爸爸。

「他是我這輩子第一個男人，和最後一個男人。」李美雲常常在聊天時非常像在演戲似地跟鄰居太太這麼說，強調她有多幸福。就算她爸爸走了之後也一樣。在李美雲眼裡，從一而終才是硬道理。

去社區大學上課？這是哪來的原因和哪來的勇氣？

「妳去吧，我留下來陪妳！」黎憶恩說這話時，有著登山客把肩上沉重的包卸掉的感覺。

「不用妳陪啦，我好得很。」在李美雲離開之後，意文才對憶恩說：「我很高興可以一個人，真的。妳有事就回去吧。好不容易，可以在這種白色旅館中獨自睡一夜，就當是度假！」

「沒事的，明天的車票！反正我也沒地方去，去睡旅館還要花錢，我陪妳！」

很久很久，姊妹沒有一起睡了。小時候兩個人同一個房間，上、下鋪。小意文兩歲的憶恩，本來是睡下鋪的，卻常常因為做噩夢害怕，硬要擠到上鋪來，不過就是個很窄的鐵架床，兩個人擠在一起，連翻身都難。她們還曾經在棉被裡扮演連體嬰，因為在電視節目中看到一對印度連體姊妹的緣故。這個戲碼自得其樂地演了好久。

現在想起來，都像是上輩子的事了……

之二

混亂為機會之母

「各位同學大家好，我是林希柔！」

「老師好！」臺下是不太整齊的問好聲。一雙雙好奇的眼睛打量著她，臺下學生，幾乎每一個年紀都比她大。雖然，她也過了不惑之年；抓青春尾巴抓得有點累的中年女子了。

「老師妹妹好！」一個頭髮全部消失的矮個子男生這樣對她說。

全部的人都笑了。

「老師，他是我們里長，他聽說妳來，特別來上課唷。」有個穿著紅白點點洋裝的妹妹頭大嬸非常興奮。大嬸的長相和穿著，讓她想起草間彌生。

「老師，我有在電視看過妳！妳氣質真好！」另一個太太說。

學生們開始交談起來了。她們的穿著，真的比較適合到附近廣場去跳舞。林希柔這麼想。

「謝謝各位同學，各位知道我們今天要上什麼課嗎？」

「知道！我們要上……正向心理學！」有位五十多歲的男士舉手，這個年紀在這裡已經算年輕了。

「老師，他是班長！」紅白草間彌生說。「我們剛剛選出來的！」

這個女人，顯然是包打聽的，對人際關係定位非常感興趣。林希柔對她努力地擠出一個燦爛的微笑。依照她的經驗，這樣的女人，必須表示適度的友好，卻又不能過度的友好，否則，對方很容易侵入妳的私領域。

這些學生和她在大學裡教的學生實在太不一樣。既來之則安之吧，她想。

以林希柔的知名度，她來這所社區大學——有大學之名，無大學之實，其實就是給附近居民上點課打發時間的機構講課，其實是有點委屈。

她自己的確這麼想過，可是有什麼辦法呢？她以前大學最好的朋友黃秋惠，現在正負責這所社區大學的教學規劃。為了要打響第一次辦學，特別要她這個唯一認識的名人幫忙。

林希柔不得不賣這個面子。因為大學畢業這麼久，黃秋惠好不容易打電話來邀約。林希柔是個外地生，第一年到臺北念書時，人生地不熟，多虧黃秋惠給她許多照顧。

「這一堂課的目的，是希望大家能夠做一個樂觀的人，首先，人為什麼要樂觀正面呢？第一：樂觀的人活得比較健康，免疫系統比較正常。你們猜一猜，依照美國心理學家針對八百個人的實驗，樂觀的人能比悲觀的人多活多久？請你用百分比告訴我！」

大家狂猜了一陣。

「好的，答案是百分之十九！剛剛是誰回答百分之二十的？妳贏了！」林希柔從大包包裡拿出一本書：「這是我出的書《活成你想變成的那種人》！來，送給妳！」

大家歡呼，讚嘆聲不絕於耳。然後，穿著色彩繽紛像是把調色盤顏色都用完的得獎太太，高興得起來轉圈圈，跟大家答禮。真是個High咖！

所有的人都給逗樂了。包括一個用懷疑眼神打量一同前來上課的先生、坐在角落看起來陰森森的女人。

雖然這群很久沒上課的老學生有這樣的興奮實在很誇張。但是林希柔本來低沉的心情也被拉上來了，這一刻她覺得或許來這裡上課是對的選擇，本來，她覺得好累，累得像一隻剛剛耕了十畝地的老牛，這些日子，一直在教正向心理學的她，偏偏都笑不出來，用各式各樣的提振方法，都救不了自己太久。一切說來話長，非一日之寒……

她覺得這群老學生其實比那些大學教室裡偷滑手機、偷打電動、有氣無力甚至可以說是奄奄一息，不知道欠了誰的債才來上學的年輕學生們可愛得多。這些人的元氣從哪裡來？或許，他們不是來讀書，是來為人生找樂子吧。

很難得遇到沒有低頭看手機的學生。下課鐘響起，班長還別出心裁地喊：「起立，敬禮，謝謝老師！」全體同學也行禮如儀，讓她備受尊寵。

她覺得，就算黃秋惠一個小時只給她八百元鐘點費，其實也沒關係。

下課後，有位長相老實的中年男子跑過來跟她說悄悄話：「林教授，妳好，我是黃秋惠的先生啦！今天真是受益良多，秋惠今天晚上有個婦女會的會議，她是那個婦女會的會長，要去主持會議，所以才沒有來……」

原來如此，是安排的暗樁。林希柔其實只看過黃秋惠的老公一眼，多年前婚禮上。這位黃秋惠班長是個面面俱到的人，有著超強大的愛心和超靈活的手腕，希柔想：黃班長在大學畢業後選擇當一個家庭主婦——從來沒有出過社會工作，希柔是很難懂的，因為以她的強大，肯定是個創業好手，但是黃秋惠卻一心嚮往相夫教子的生活。一畢業就結了婚，也不是嫁入豪門，是很普通的人家。那樣的生活，似乎得仰人鼻息，到底有什麼趣味？好久沒有聯絡，現在看來，連老公都在她管轄下行事，又統籌了不少大事，顯然活得十分威風。

大功告成！同學紛紛散去，她揹起包包打算離開。「老師，謝謝妳送我書，妳可以幫我簽名嗎？」那位衣服五彩繽紛的得獎人到了講臺前，笑盈盈地對她說。眼前這個女人，大概五十多歲，身材微胖，有一張肉肉的、有人緣的臉，笑起來眼睛像細細的彎月，眉毛特意修成了柳葉眉，短頭髮燙得捲捲地，就是頭髮漸漸稀少的中年婦女會到美容院指定的那種非洲鬈鬈頭。不知道為什麼，她覺得這個大嬸有點面熟，是大眾臉吧？

「沒問題的。」當她低頭簽名，簽下「有夢就追」這四個字的時候，耳邊傳來一個帶著笑聲的問候：「老師，妳有沒有覺得我很面熟？我今天早上看過妳啊，真巧，早上我真的不知道妳是名人喔，失敬失敬！」

啊？

繽紛大嬸對她咧嘴而笑，並且把袖子捲了上來，露出左手的紗布……「妳記得嗎？」

「不好意思，是我失敬，原來妳就是早上那位救了人的英雄……怎麼這麼巧！」

「相逢就是有緣啊，老師！」李美雲說：「還好我今天還是決定來上課了，我想第一堂課最好不要缺席，我大女兒現在還在醫院裡呢……」

「妳真是……求學精神可嘉！」林希柔讚嘆道。

「也沒啦，不然我也沒事做。」李美雲說：「孩子都大了……也不需要我了。老師，我陪妳走出去吧，老師妳開車對吧，這裡離停車場有一段路，有點暗……」

這個課程，用的是小學圖書館的會議室。停車場位置比較偏僻，小徑上只有微弱的燈光，晚上還真是萬籟俱寂。

「讓妳辛苦了，今天……」林希柔上車前再度跟李美雲致謝。

「沒什麼啦，」李美雲說：「這也是剛好，換做誰也會這樣做的，我只是剛剛上完消防課，所以去哪邊都很留心滅火器在哪裡……喂，老師，我可不可以再問妳一句話？」

「咦？」

「妳剛剛說，什麼年紀的人都有權利追求自己想要的幸福，妳覺得我的年紀會太大嗎？」李美雲問。

她在問這個問題時，眼神忽然變得好清澈，水汪汪地，充滿了對美好答案的期待。

「當然囉，這還用問？」林希柔對她展現百分之百的肯定。「永遠不要放棄妳對美好人生的追求喔……」

她是一個正向心理學的宣傳者，當然得永遠保持這樣的信念。

「好喔，謝謝！」李美雲對她深深地鞠躬致謝。

這兩天發生了好多事。但是不知道為什麼，感覺「死裡逃生」的她，心情變得很好，好像一個彗星被某種巨大的外來力量撞到似的。是啊，這一切是巧合，也不是巧合，這些都是啟示，在暗示自己要好好改變人生，不是嗎？她決定不要做一個哀怨的女人！

我人生最重要的事情是什麼呢？是什麼？騎著機車回家的路上，李美雲的心情變得非常好，可能是這兩天遭遇一連串意外的影響，有一種劫後餘生的感覺吧。這兩天的事情，雖然殯儀館縱火事件讓她十足受到驚嚇，所幸她很勇敢地第一個去找到滅火器，使得那個看來要自焚的少年狀況沒有更糟，但是讓她心裡有陰霾的，還是自己的大女兒一被嚇到就昏倒：真沒用啊，也沒做什麼就昏倒在地，還休克了，還好自己真的學過心肺復甦術。話說好好學些本事還真管用呢，難怪人家說「書到用時方恨少」呢，如果老公在，她每天都想要當個滿分的賢妻良母，可能就沒辦法像這兩年一樣，為了要排解憂愁跟著趙太太和朱老師去學這學那的……不過，到底是怎麼回事？是不是跟自己過世的老公一樣，有一顆根本承受不住的心臟呢？她那麼年輕。

每每想到當時醫生跟她說：「妳讓他走吧，不然，像這種嚴重腦溢血的狀況，救回來也會變成植物人……」那句話到現在還是讓她痛苦到淚流滿面。瞧，眼淚不就又不爭氣地像瀑布一樣流出來嗎？李美雲稍稍加快了車速，讓吹到臉上的風幫忙，把淚水抛到外太空。

時間晚了，醫院也進不去了，回家睡覺吧。

本來她不自覺地要往醫院的方向走。心裡想，反正今天晚上有妹妹陪姊姊，就讓她們姊妹一起擠一擠吧，奇怪，同一個爸媽生下來的兩個女兒，才差不到兩歲，完全不相似，怎麼回事？

還有呂先生的那個孫子，是從哪裡跑出來的呢？好多事她都不知道。那個自焚的少年，到底發生了什麼事情？要做那麼激烈的動作啊？她和趙太太都沒有聽說過呂先生在臺灣還有一個孫子呢……改天再來好好查一查這個「案子」……這麼年輕為什麼要想不開呢？年輕那麼好，如果她再年輕一次，能夠把身體像換車一樣的換新，那麼她一定要好好談戀愛，才不要一有人追就趕快結婚了……是的，談戀愛……

忽然之間，心裡所有喋喋不休的影像都告退了。如果說人只能活一輩子，那麼我對美好人生的追求是什麼呢？

對……她心中有了答案。這一輩子不能這樣過！女人的平均年齡有八十歲以上，以她現在來說，搞不好還要活個三十年，三十年就是一萬天，唉喲我的媽，那時候連自己的女兒都是老太太了，老太太看著老老太太，說多無聊就有多無聊，她一直希望，家裡至少要有一個男人，可是大女兒顯然一點男人緣也沒有，小女兒太有男人緣又躲得離自己好遠，都不能指望，所以……

所以，她只能指望自己了。

李美雲的心裡更輕鬆了，她想起年輕的時候最喜歡的電影《追夢人》，她一個人分飾兩角，又演劉德華又演吳倩蓮，騎著一部80CC的機車，吹著口哨回家。

以前她好怕寂寞的，尤其老公去世之後，更怕家裡只剩下一個人。所以萬一和她相依為命的意文到晚上九點還沒回來，她就給意文來個奪命連環叩……可是這一天她睡得安穩得不得了。

同樣是回家，林希柔的元氣大不同。

她好累，像個消了氣的氣球。今天早上雖然沒有課，卻被迫到醫院裡慰問傷者好一陣子，嘴裡說著各種安慰別人的話。只有她自己知道，當她自己心裡很疲倦的時候，還要來勉勵或安慰別人，整個人就像電玩裡頭能量被急速消掉的戰鬥美少女一樣。

還好，只有我看見自己的累吧。林希柔看著眼角的魚尾紋，越來越明顯了，來喝膠原蛋白嗎！死馬當活馬醫，不然呢？她對鏡中四十五歲的自己抿嘴一笑，心裡這麼說。

然後，她非常迅速地洗澡，換上睡衣。然後又起身。「還是把明天上課的PPT再修一下吧！」打開電腦。卸掉隱形眼鏡的她，戴著一副厚厚近視眼鏡，這就是許多年寒窗苦讀的結果。

「嗨，還沒睡吧，我就知道妳還在忙……」有人敲她，視訊電話。是她先生，在深圳。

「今天怎麼了……」

「沒怎麼。」

「就這樣……不是說出了很大的事情？我在這裡看到臺灣的新聞報導，講得很嚴重……」

「看起來還好，呂懷那個小孩有百分之二十的燒傷，其他的人，坐在前排的，或多或少有一點燙傷，還好火勢很快撲滅，不嚴重。」

「傷到什麼地方？我堂哥其實很擔心。」呂彥明說。

「他那麼擔心，怎麼不自己飛回來看看？我看輔導院老師的資料，他們說小孩已經五年以上沒有見到爸爸或媽媽了，也許他本來期待在這個場所看到親人，沒想到，只有他自己一個人，於是他就把準備好的酒精拿出來……那個酒精，本來是放在殯儀館大廳裡頭給大家消毒用的……他把它偷偷拿在自己手裡，打火機也是他在燒金紙的地方拿的，這一切都不是他在輔導院出來的時候就有的。他點火的那一刻，老師剛好在外頭接電話，還沒有進靈堂，就只是一分鐘的空檔……我也不知道這算不算是預謀……」

那頭靜靜聽著。

視訊，兩人都沒有開鏡頭。他的聲音同樣有點疲憊，這個時間，應該正在整理一天的資料，他是個習慣在晚上還在整理各種公司檔案或記流水帳的人。

「喂，你有在聽嗎？」林希柔自認為她把案情說得很清楚。這一切其實與她無關，她曾經隱隱聽過呂彥明有個堂哥呂彥聰，曾經寄養在呂彥明家中過了幾年日子，從小就是個天才兒童，非常優秀，考上公費，出國拿了ＭＩＴ，曾經在美國太空總署工作過，不過，很久很久沒有回來過。「自從他母親的葬禮後，就沒有回來了。不過，我父親生前曾經說過，他似乎每個月都會匯一筆生活費給在臺灣的前妻。」

聽了就知道是個看似簡單的公務員家庭的複雜事件。應該是堂哥在美國接到了某一個輔育機構的電話，這個輔育機構在中部小鎮，收容輔導的是有一點案底，還沒有被裁定要進少年感化院的孩子。也就是說，這個孩子應該是跟堂哥前妻在一起的，後來出了些個人狀況，並沒有太「平凡」的成長。某一天早上，這個孩子被通知參加根本沒有謀面的爺爺的葬禮，不知道是為了什麼原因，他決定做一番驚動眾人的事。依照當場受害人的描述以及警方紀錄，他顯然是想要自焚，和爺爺同歸於盡……這又顯然不是出於濃密的爺孫感情……是因為他想要在葬禮上看到父親，然而卻沒有人回來，他孤孤單單的，為從來沒有見過面的爺爺送終所以感覺人生更沒意義？

呂彥明說，他大伯只有一個兒子，也只有一個兄弟，就是呂彥明他爸爸，但是他爸早在二十年前過世，後來就都沒有聯絡了。連母親——也就是林希柔的婆婆都說，大伯不是個好親近的人。當年她也是看呂彥聰可憐，所以讓念高中的呂彥聰到自己家來照顧。大伯從來沒有來看他。

「我堂哥，人長得帥，會玩，你不要以為他是個書呆子……他什麼都行的，我曾經看過他一邊代表參加科展，同時還可以代表學校參加美術比賽，」呂彥明曾經這樣對她說：「我以前念物理化學時，感覺就是天書，都是我堂哥教的。我媽常常在私底下說我，怎麼差這麼多，看到我們就知道，念書逼不來的。」

呂彥明其實並不差。要不然他也不能夠這麼坦然地自嘲。呂彥明雖然一路上沒有像堂哥一樣，永遠第一志願，但是他好歹算是還可以，也從一個大家會優先填寫志願的中上大學商學科系畢業，這兩年，他被任職的銀行派任到香港分行工作，常到深圳出差。

這一切其實可以不要發生的。事實上，似乎除了呂彥聰本人，還有剛過世的呂先生，沒有人知道這個孩子的存在。而他竟然被通知去參加自己至親的葬禮？如果這個孩子在所謂正常環境長大的話就不會有這樣的性格？這是廢話！孩子能夠選擇他成長的家庭嗎？他們都在無知的大人的錯誤選擇下，被選擇。這是林希柔在看待這一類「平凡家庭的複雜事件」所持的觀點。

在被通知後，呂彥明的媽媽才告訴在香港的呂彥明，再由呂彥明請求看起來至少還算「勉強有空」的林希柔援助。呂媽一向是個客氣的人，不喜歡麻煩到任何人，幾年前自動和朋友住到遠在天邊的一個高檔老人院，很久都不問世事，接受兒女月俸供養，不肯和任何一個兒女住在同一個屋簷下。應該說她是個有開放心態的傳統婦女。

其實，林希柔也和呂媽沒那麼熟，算一算見面次數恐怕沒有二十次吧。

「陌生的婆婆一定是好婆婆。」她的朋友這麼笑著說。因而她人生中沒有什麼婆媳問題。

林希柔在接下了奇妙的家庭委託案之後，根本還沒有來得及了解這個姻親的來龍去脈，就已經屏除萬難，為夫家親上火線。她沒看到那個少年。只聽說少年在加護病房，清醒時情緒仍然極不穩定。

「小孩真可憐……」

「這樣，沒事了吧，謝謝妳，晚安！」那一頭說。剛剛林希柔發呆的時候，似乎已經聽到挺安穩的鼻息，應該是被她這句話驚醒的。

「喂，等一等……我還有事情要商量。」

「呃？」

「算了，改天你精神好點再說……晚安……」

商量任何事情，都不應該在精疲力盡時，這應該是行規之一吧？

林希柔把到嘴邊的話吞了下來。

梳洗罷，她把自己丟到床上。疲倦的身體等待睡眠來讓它復原，雖然第二天好像有數不完的事情等著她。這一天從早到晚忙的都是別人的請託，她取消了自己的健身課，本來想寫些東西的，也沒做。

她在枕頭上撒了些她喜歡的玫瑰加佛手柑和柑橘精油，這幾乎是她近年來人生中唯一的浪漫。

躺在床上才發現自己其實餓了。一整天都沒有好好吃東西。起來搜查冰箱，除了一些被冰起來的醬料之外，什麼東西都沒有，只剩下冰牛奶，還好還找到一碗泡麵。就這樣吧。她曾經當選某個網站的十大「幸福女人」，大家都說她品味精緻，她苦笑，心想只有她明白什麼是事實……還滿懷念去年疫情緊張時期把冰箱擠得滿滿的日子。

也好。

鬧鐘聲把林希柔從夢境中拉出來。

一身冷汗，她正夢見自己在一個橫衝直撞的電梯裡。很小的電梯，只容她一個人進去。關上門，那門幾乎貼著她的胸，十足的鐵籠子一個。按上她要去的樓層，七樓。她彷彿要去找一個人。

她在地下室搭電梯，黑黝黝一片，搭上電梯，期待要到樓上去，尋找光。

不過這電梯很不聽話。一關上門，就急速地往橫向前進。然後再往上，用著雲霄飛車的驚人速度。

她還是忍著不叫出聲，雖然只有她一個人。

終於，終於……電梯要到了。

天哪竟然還沒到她要去的樓層，還有一個人要擠進來……一個看似陌生人。怎麼可能？這個空間已經不夠我轉身。

鬧鐘在這個尷尬時刻響了。響得真好。

整個夜裡，她像浮在夢中的幽靈。沒睡好，眼睛浮腫，戴上隱形眼鏡時，眼角膜浮腫，眼角處多了像水泡一樣透明含水的膠質，她努力用各種彩妝品把自己睡眠不足的狀態掩飾好，穿上套裝出發。擔心的是上班遲到。八點鐘的課，老師比學生怕遲到。

「姊，妳可以說話嗎？」

她搭計程車往學校出發，塞在最擁擠的路段，接到了弟弟的電話。弟弟在故鄉小鎮工作。好山好水好無聊的故鄉。弟弟本來在會計師事務所工作，但他個性不愛擁擠和競爭，後來覺得大臺北的生活不適合他，在十年前響應政府的號召，回家鄉投資觀光工廠。本來做得還不錯，但是後來還是倒了。先是地方政府本來獎勵觀光，鼓勵他們運用農地，也對於民宿或觀光工廠的類別收取非常便宜的稅費，不過經過幾年，這位連任後的首長馬上換了一張臉，對於這些本來建築在農地上的觀光相關企業宣布收取非常高昂的稅率，也就是把所有的面積，包括鐵皮屋、花園和加蓋部分，都當成是商業營業面積計算收取房屋稅。「前一年收了我五千元房屋稅，今年收到五十萬！五十萬吔……我一年的淨利都沒那麼多……」林希柔還記得林希陽那天打電話給她，欲哭無淚的聲音。

沒多久，又因著某種老百姓不會太清楚的緣故換了長官，長官表明要退稅給商家，「退了十五萬，是很不錯，但這代表每年光是房屋稅就要三十五萬，誰撐得下去？」不久幾個股東決定歇業，脫手觀光工廠，被某個財團便宜買了下來，血本無歸。弟弟憂鬱了一陣子，沒想到新冠肺炎的疫情反而讓他想開了。眼看著同業都想辦法用土地抵押借了許多錢，想要暫時用貸款疏通現金流的斷鏈，沒想到不是只歇業三個月，根本是遙遙無期的兩年，一直到現今仍然元氣大傷，損失比他嚴重，還好他早放棄了。弟弟跟她說，原來上帝為你關一扇門，都是有原因的，就是希望你所有的窗不都因為這件事而關上。

能夠及時收手，沒有因為想掙扎而賠更多，林希柔也深覺幸運，因為弟弟的股份，有一半是她出的，好歹收了一點回來。有時候，想通了，住手是好的。她曾經把這個故事當成正面教材放入演講。

「爸爸怎麼了嗎？」

「妳怎麼知道是爸爸的事？」

「聽你的語氣，」林希柔說：「你有點生氣，又好氣又好笑。還有，通常你自己的事情，你也不會動用到我。」

「妳是對的，」林希陽說：「妳沒自己開車吧？」

「沒有，我搭車。」

「那我就放心說了，」弟弟做過服務業，是個會注意小節的人：「爸爸應該是被人家仙人跳了！」

他媽的這又是什麼鳥事？

這句話在林希柔心裡，好大聲。

一聲巨大的喇叭聲接著響了起來。

「前頭差點發生事故。」司機喃喃自語：「那部車違規左轉，真是的！差點撞到對向機車！阿彌陀佛！」

「姊妳還好嗎？」

「我還好，還好……我沒自己開車……你說……」

「總之是這樣的，爸爸在跟一個有夫之婦來往，只有三十歲……恐怕還不到……」

「啊？」不會吧，這樣的年紀，只有自己的三分之二，爸爸如果早婚一點，可以當他孫女，當然這世界上的事情，沒有不可能，可是爸爸……已經……已經七十五了吧……這……

「我知道妳等下要上課，妳先保持心情平靜，我先傳一張照片給妳……如果不是非常確定，找到所有證據，你知道，我是不會跟妳說的……」

我。知。道。

林希柔看到了那張照片。一個女生，長得不算太好，也不算不好，身材苗條，正在打撞球，胸口開得很低。這沒什麼，因為她前倚著身子。比較奇妙的裝束，是她穿著短褲，又穿著瑪麗蓮夢露時期的吊襪帶和網狀絲襪……仙人跳？一股熱氣衝上腦門，本來頭腦還有些混沌的她全清醒了……

她很會勒住自己的韁繩，即使那個時候她像一匹尾巴被點燃了火的馬，正想不顧一切往前衝。

這或許就是她的專長。她不是沒有脾氣，甚至從小時候就知道自己是個不太好控制情緒的人，喜怒哀樂都寫在臉上，可是，因為後來的學養，她在盛怒中心裡會出現另一個冷靜的聲音，對她分析：妳為什麼會生氣？妳到底在生氣什麼？企圖在火場中把那個導火線找到。這很像日本那部劇集《派遣女醫X》，很厲害的女醫師，在開刀出現危難時，總會找到那個止血點……找到之後，嗶嗶叫的心跳偵測器通常就會恢復安靜……她開始跟自己對話：

為什麼爸爸不能跟這樣的女生來往？

只因為他年紀大了嗎？

顯然這是傳統觀念——妳不是最不喜歡人家用傳統觀念來定義妳？那麼妳為什麼要用傳統觀念約束爸爸？

還是因為她穿衣服的樣子對大多數人而言實在不像一個正經女人？

還是妳已經知道她是個有夫之婦，就是要來抱「棺材板」的，不安好心？

她的腦袋常常因為有兩個人在開辯論會，亂得像一團糾糾結結的毛線團。

不是，不是，根本是不安好心！

停止！現在是上課時間了，回來吧，她深深呼吸了口氣：一，二……用手指按住自己的脈搏，暗數著：一，二，三，四，五，六……然後徐徐吐出來……一，二，三，四。重複了三次，然後上課鐘響了。

跟現實人生比起來，有時教課反而是林希柔的休閒活動。當天，林希柔下課沒有馬上回家。她坐在自己的研究室裡，看著夕陽西下，想起了好多事情。她想到母親過世的葬禮。

母親是一個非常愛面子的人，所以她和弟弟很認真地把她人生的畢業典禮辦好，為了要讓整個葬禮顯得高雅脫俗，不讓來的人感到太哀淒，他們還把大廳布置成了綠色森林系，只有白色的蝴蝶蘭和綠鈴草以及鹿角蕨……

只有安靜的大提琴和自然音，沒有嘈雜的哀樂，不收奠儀，所以也並沒有請來者吃流水席。這在她成長的故鄉，並不是常見的。典禮以家屬放下一朵白玫瑰在棺材裡結束。六十八歲告別世界的母親，雖然經過了兩年的癌症折磨，還是顯得高貴優雅。

禮成。弟弟不知道是和誰商量去了，她和父親坐在同一排等待。她看著母親的遺像發著呆。

父親忽然轉過頭來，很認真地對她說：「希柔，妳知道，我是不會再結婚了！」

喔？

哦？

這是什麼意思？

母親還沒火化，這是什麼意思？

你早已經過了人生七十古來稀，這是什麼意思？

我也不是個少女，完全不怕爸爸娶個後母來虐待我……你說這話是什麼意思？你現在到底要告訴我什麼？你要好好交女朋友，但是再也不會結婚了？還是你要告訴我，我母親讓你這一輩子受夠了，所以不結婚了？

還是說你認為自己還年輕，認為我擔心你再結婚？

她被這一堆問題卡住了，卻沒有像在當心理諮詢師的時候一樣，總是能夠用一兩句話清楚地讓當事人了解自己的主要問題……

在那個場合，母親遺照的凝視下，似乎不要回問也是對的。

就像漫畫中畫的一樣，一排隱形的烏鴉就這樣飛過去……

那句話似乎是個預告。

她打電話給林希陽：「你說那是有夫之婦，是……」

「對啊，我查出來，她已經離婚兩次，現在是第三次婚姻，有兩個小孩，小的那個，只有一歲……」

又是一排烏鴉飛過去。

「妳知道，在鄉下，人是沒什麼祕密的，她家附近的人都知道，有個阿姨看到爸爸跟那個撞球妹在一起，也特地跑來警告我，那個女人的關係很混亂，雖然自己有婚姻，但是給人家當情婦是她的專業，要我小心。爸爸跟她來往，當然沒有告訴我。」

「我再發一張圖給妳看，這個女人車上有一大堆水蜜桃，看到沒有？那是她載爸爸去玩，因為爸爸手機裡也有這張照片。她在臉書裡面寫著：大哥對我真好，我要什麼都買給我！說要一盒水蜜桃，結果他買了五盒給我，要給我吃個夠，他是不知道水蜜桃不能放太久吼……」

林希柔竟然笑出聲來：「爸爸再怎麼裝大方，也大概就是五盒水蜜桃……要五個名牌包的話，他可以聽到價格就會跑掉！」

「也是。」林希陽說。「爸爸還真厲害，可以跟她一起出去玩，還幫忙帶小嬰兒。妳記得以前嗎，媽說他連我們怎麼長大的都不知道！」

「呵，現在不是比較的時候。」她對弟弟說。她想，一個中年男子，竟然還在意這個，可見人類的童年陰影實在很難去除……

「那我們該怎麼辦？」

「現在好像也不能怎麼辦，」林希柔說：「我們似乎沒有任何權利管他。而且，撞球妹目前看來只得到五盒水蜜桃……」

她又笑了，竟然偷偷笑出眼淚來。

「我們只能等待。看時機發展。」

「萬一他被騙光了呢？」

「好像也沒辦法，他手上……到底有多少錢？」林希柔問。她其實從來不關心這些。母親去世後，她爽快地簽了放棄繼承，這是她自己的意思。她經濟獨立，投資上也打理得挺好，這一切都是她之前的好班長黃秋惠教的。

「我想想……媽媽去世的時候，那個遺產分配是我處理的，他那時候現金，大概有三百多萬……現在只剩下一百多，不知道跑到哪去？他每月還有五萬退休金……」

「那是他辛苦賺來的，他如果要那樣花，我們也不能夠有什麼意見。」希柔說。

「還好我們都……不窮。他其實很節儉，也不是完全不精明，如果那個女人一直跟他要錢，我也不相信他不會清醒？不過，我們倒要很小心，不要讓他去當人家保人或詐騙集團人頭什麼的。」

「也對。」

「那……如果我們多個弟弟或妹妹呢？」電話那頭遲疑了一下吐出了這句話。

「哈哈哈，」林希柔笑出來了：「我們也不能夠教他不認帳啊，這樣好了，反正我沒小孩，我來養……」

「姊妳還真有心情開玩笑！」

「不然呢？他可不是我兒子，我也管不了他……」

林希陽在電話那頭也笑出聲來：「不知道為什麼，本來我心情超差，給妳這麼一講，好像就好了，當個鬧劇看，且戰且走……啊不然呢？」

雖然把弟弟的心情處理好了，但林希柔自己的心情可沒太好。

她想起班長來。也許，她見多識廣，足智多謀，跟她聊一聊，會有解決之道。沒出過社會的她，江湖經驗卻比自己多多了。

一臉和善的笑意、大學時代長得嬌小玲瓏又清秀的黃秋惠，真看不出是個黑道大哥的女兒。這個祕密，黃秋惠當年只說給自己知道。當年這種事，就是會受到歧視，不像現在是可以當成瀟灑的家族歷史來誇口，誰都可以給自己編出個特別家世。

將研究室關上門，她邊走邊打電話給秋惠，說明她想要跟她聊聊的原因。

秋惠在那頭爽朗地笑了。笑聲裡有幾聲淒涼。「這個，妳問我就對了！哈哈，我的經驗很豐富呢！這是每個剛沒老婆，家裡又有點積蓄的男人會遇到的問題！」

聽到她這麼講，心裡的烏雲散去不少。這表示：一，不是只有林希柔的家裡碰到這個獨特問題；二，不管如何這不算嚴重，沒有黃秋惠不能想辦法解決的問題。

這個家庭主婦挺了不起，沒上過一天班，卻精通投資之道。她當年大學一畢業，她一邊生孩子當家庭主婦，一邊當老公建材行的會計，把賺的錢都拿去投資婆家附近買地，某個學生數眾多的私立大學就在那兒，看準了私立大學熱愛多招收學生，而學生宿舍不足。當年那邊可是窮鄉僻壤，買一坪地沒有多少錢，她先生是作建材的，自己找了工程團隊蓋了八層樓的電梯宿舍。一塊地一塊地慢慢買，一間宿舍一間宿舍慢慢蓋，簡直像連鎖店似的。

雖然因為少子化，很多大學沒了生意，但這所大學目前看來還不差。其中有一棟宿舍，有著林希柔三分之一的股份。除了頭期款之外，其他的貸款什麼的，都是由秋惠幫忙打理，林希柔沒有花過什麼腦力，就這樣成為名正言順的小股東，也是秋惠唯一接受的家族外股東。每年年底秋惠會發給希柔「薪水」，扣掉修繕管理費用，每年平均貢獻給林希柔的現金流大概就跟她的大學副教授薪水一樣多。這十多年來，應該也回本了。林希柔拿了錢也不知道要買什麼，所以又在黃秋惠建議下，買了自己住的這間房，又多買了兩間中古屋收租，也都由秋惠旗下的租賃公司打理。黃秋惠的出現，對於本來不怎麼會理財的林希柔來說，簡直是天上聖母、海上媽祖。

明明黃秋惠也不是學商的。她們兩個人根本就是被詛咒最會找不到工作的中文系同學。秋惠手腕真是俐落，算盤也都精準。想來心裡一片暖意，從大一到現在，其實都被她一路照顧。畢業後，她本來也只能做文職或行政職，去哪家公司哪家公司就倒，決定改念心理學，又出國留了學，秋惠都有足夠的參謀功勞。

這也就是為什麼黃秋惠的「懿旨」一下，林希柔一定要服務到底的理由。

如果黃秋惠是個男人，那麼，林希柔一定會九死不悔地想要嫁給她！

之三

當有人不跟你一起跳舞

李美雲起了個大早，不到八點鐘就到了醫院。她的大女兒黎意文還在睡夢中呢。身上有燙傷，又在醫院裡，能夠睡到這時候，了不起。

「我覺得，妳人生最大的專長是睡覺！這樣妳也能睡！」忍不住又說出真話來。

「咦？妹妹呢？妹妹走了？」她猛力搖醒黎意文。

正在一種舒服的夢境中，置身在天空，棉花糖一樣的雲是她的床，她身邊有好多的卡通兔子，或者是像貓的動物……夢中的她也在半睡半醒……不料，忽然一股力量把她往下拉，她一直墜落，像跳傘的人一樣，眼看就要撞到一塊黑色山岩，粉身碎骨。

「啊……救命！」

「還做噩夢?!來，拍拍，沒事了……」

睜開眼的時候，只看見李美雲滿月般的一張臉，用微微帶著母愛的溫暖看著她。

「妳……噢……」她想說，妳就是那個害我做噩夢的人，只是妳自己全然不曉得！

李美雲一片好心，然而這出自於愛的拍打，卻拍到了黎意文受傷的那隻手。意文又痛得呻吟起來：「妳……可不可以動作不要那麼粗魯！」

完了，說出口就知道完了，這時候李美雲通常會吐出連珠炮來，把幾百年前的往事挖出來、隨意排列組合再講一次，任何的指責語言，只有她能說，若是調轉了方向，由別人來說她，她可是會立刻爆炸的。

「妳……好，好……對不起。我輕一點。」李美雲今天不太一樣……

這不是妳。妳卡陰了嗎……意文全然清醒。她的母親是她人生中最大的警鈴和鬧鐘。呵呵。今天是吃錯了什麼藥，沒發火？但嘴裡還是不斷發出一樣尖銳的譴責，特別是對於不在場的人。

「妳妹妹呢？就這樣走了？不負責任……」

噓……躺在病床上的黎意文，看到出去買早餐的妹妹正拿著一個紅白塑膠袋走進來。

「我是說，我真不負責任，昨天竟然把妳們放在這裡，沒有陪妳們。」

李美雲，妳見風轉舵不是普通的快啊。妳當家庭主婦，沒有去當公關經理或官僚發言人真可惜。

黎意文還是只在心裡呢喃著。

還好，黎憶恩戴著耳機，可能在聽重金屬樂團什麼的，沒有聽見外界的聲響。她總是有辦法把自己和別人的世界斷然隔開來。

「噢，妳去買早餐啊，」李美雲換上一種可以被稱為是諂媚的聲音，讓黎意文聽了覺得好不習慣，這個聲音應該是以前她對回家的爸爸「另有所求」的時候才會用的吧。然後，她就會被放在客廳裡，然後，會……聽到熱水器的聲音。「妳對姊姊真好，不過，她應該也是餓不瘦的……」

又來了！才說妳變了！

黎意文趁李美雲沒注意時白了她一眼。

「噢。」黎憶恩還是沒聽見，這時候才緩緩的，用一種像貓的動作把耳機拿下來。

「九點鐘要進去檢查心臟對吧？」李美雲問。「醫生說，檢查好如果沒什麼大問題，就可以出院！那……我請妳們吃個飯？我們一家好久沒有聚了，我們去吃……我知道有一家超好吃的鐵板燒……」

「我……要趕回去，」黎憶恩幾乎是不假思索地說：「我有事。」

「什麼事……」李美雲忍不住還是要打破砂鍋問到底。這麼神祕？不告訴我妳住在哪裡，做什麼工作，有沒有男朋友……甚至我連妳有沒有活著都不知道，妳知道當媽媽的是有多麼提心吊膽嗎？我們家親人都這麼少了……妳還搞失蹤人口……

不過她也沒說出口，嘴巴努力維持一個彎月型的微笑。

「我下午要教小朋友畫圖。」

「哪裡的小朋友？」

一個回答就會像釣魚一樣釣出好多問題。黎憶恩老早知道，她真後悔剛剛回了這句話。不回答，媽媽又會像一個被點燃的炮彈。媽媽的更年期，人類有史以來最長，從她剛出生直到現在，從來沒有進化。

「我們可以不要聊細節嗎？」她實在忍不住不回話。她又把耳機塞進耳朵裡。

空氣中充滿煙硝味，兩軍對陣，有一方一直企圖激怒對方，用一種明知故為的方式；另一方企圖逼走對方，用一種習慣的陣勢。戰爭，一觸即發……

「妳們大家冷靜點，等一下，我要去檢查心臟，不要害我……」

黎意文終於開口貼出免戰牌。

「我沒怎麼喔，」李美雲還是保持著彎月微笑，然而很快的，她的眼眶掉下淚來，那個彎月忽然變成了不規則的曲線：「媽媽只是關心，想要知道妳好不好，沒別的意思，感覺像有一個世紀那麼久，我好久沒有跟我的兩個寶貝女兒吃飯……妳，請那些小朋友多等一下，行嗎？」

李美雲其實也不相信，下午會有什麼小朋友要上畫圖課？黎憶恩那個樣子，看起來肯定不是國小代課老師！今天星期二，少來騙了，根本就是藉口，她一定想了很久，如何拒絕留下來跟家人團聚，不過，就跟她小時候一樣，知女莫若母，嘿嘿，她說謊破綻一向很多！

不過昨天很巧又碰上的那個林老師說，說話要婉轉，不能夠追求自己的一時爽快，破壞了家人的自尊心和感情，不然，就是像一個人，明明要到南方去，卻一直往北方走。人家勸他，他說自己的馬好、車好、備糧多，一定會到……這不是很好笑嗎？那個成語叫做南……南什麼來著？她忘記了，可是林老師這麼說的時候，她的確有在悔改，自己似乎也有這個毛病，明明是好意，卻都被誤會了，對，一定要改過來！

她忽然淚如雨下，來個真情流露，要這樣改變自己真是委屈。

這下就對了。她看到黎憶恩輕輕拿下她的耳機。遞給她幾張衛生紙，說：「妳別哭了，好，好，我們一起吃飯。我出去打個電話先。」

一個看來像鋼鐵，但是會在轉眼之間，只要看到母親的淚水就變成像口香糖一樣軟趴趴存在的女兒。

黎意文欣賞著這樣的好戲，心想，糟了，媽媽在技術層面的提昇，到底是轉機，還是惡化？雖然心裡忍不住毒舌了一下，可是，她知道這總比槓下去好。

「我去問一下護理站妳等下要怎麼去檢查，是不是要推輪椅……」

「喂，太誇張了，我可以走……」

不等黎意文回答，李美雲旋風一樣衝出去了。

「哇，妳們家天天都是好戲。」李美雲離開病房之後，隔壁那一床悠悠地說，一個斯文的男子的聲音。

「關你屁事！」黎意文本來想這樣回答。不過，她馬上冷靜下來，現在自己跑不快，萬一在病房裡被扁了，逃都逃不出去，誰知道他是不是神經病？

「對不起，打擾您了！」這才是她說出口的話。冰冷而謙卑。

「沒事，我只是覺得，妳們家很熱鬧，很好。」那個男人說。

黎意文不想和他交談下去。隔著簾幕，從沒看過那人的臉，交談實在有危險。這是病房，不是商務艙。哈哈哈……因為自己的幽默感，她的嘴角不禁往上。

「我是覺得並不需要做進一步的檢查，沒事的，心臟是有比平常人稍微肥大一點點，就是一點點……」這位心臟科醫師，戴著金邊眼鏡，他的臉長得像一個剛揉好的客家麻糬，黎意文想。

「那她為什麼會昏倒休克？」

「人在過度緊張的時候都會，」醫生回答李美雲的問題：「有些人就是容易緊張，看到火災，緊張是應該的。有時候有些人來打針，也會休克，太緊張了。」

「看不出來她那麼容易緊張喔。」李美雲說，在她看來，大女兒是家裡最穩如泰山的人，太陽曬到她屁股上也曬不醒的。

沒事了，可以辦理出院，真好。黎意文自從到書店上班之後，八年了，幾乎沒有請過一天休假，就算沒有加班費，她也會放棄年休到書店上班，不打卡，星期天，有時就坐在書店咖啡店裡，寫自己的讀書筆記。這比待在家裡好多了。家裡通常只有媽媽和她兩個人，媽媽看她閒著沒事，就愛唸這唸那，指東劃西，這種不平靜的休日，除了讓她的心靈像一鍋煮糊了的湯之外，沒別的好處。

去年有一陣子，因為疫情三級警戒，她被迫在家中上班，而李美雲也被迫不能出門從事任何活動，兩個人在家裡大眼瞪小眼，每天要忍住不起衝突的次數，大概都超過二十次。她故意把一本《別讓人踐踏你的界線》的暢銷書放在桌上，希望李美雲自己注意一下，當然，沒有被理睬，李美雲本來有去考二技夜間部，她不是普通不愛看書，雖然她堅稱念小學的時候還是全班第一名而且身兼班長。每次她看到黎意文那種除了國文和歷史以外老是不及格的成績，就會碎碎唸。「父母都是這樣，反正那時候孩子沒出生，也死無對證，可以吹牛不打草稿。」意文從小就知道。黎意文有時候很懷疑李美雲的知識能力，她從來不看任何電器說明書，從意文出生以來，也沒有看李美雲看過除了八卦雜誌之外的任何一本書。

忽然，李美雲的關懷聲使她回到現實。健康真好，又可以去上班。上班是黎意文人生中最充沛的自由。

「醫生你一定覺得我很緊張對不對？因為她爸爸就是因為心臟病發過世的，一次，就走了，所以我才這麼緊張，怕是遺傳的問題……」

「媽，醫生還有下一個病人……」黎意文好心提醒，她怕李美雲話匣子一開就停不住。

「沒關係的，」雖然這麼說，醫生站了起來，這個動作很明顯是診療結束，送客。他看著黎意文說：「妳要好好運動喔，瘦下來一點，所有的狀況都會改善的，人如果體重過重，心臟的負擔當然會增加……」

你有什麼權利跟我說這種話……黎意文用溫馴的眼神回答醫生的叮嚀，但她心裡並不是這麼想的：我看你的身材比例，和我差不多，都是屬於火山型的，你是有什麼條件要叫我減肥？己所不欲，勿施於人……

有時候我覺得自己的內心好像巷口的那根電線桿，不斷有三姑六婆聚在那裡聊天。黎意文又對自己說話了。

黎憶恩在外頭等待著，她的藍芽耳機還是黏在耳朵上。這個時候，有幾位護理人員推著一張迅速滑動的病床，穿越過走道，還有人高聲叫著：「麻煩讓開一下，讓我們先過！」

病床上是一個身材臃腫的中年婦女，不斷地呻吟著，臉如白紙，不知道她哪裡痛，總之就是讓每個人都感覺她很痛。

「唉呀，到醫院，才知道人生非常可貴！人生好短喔，我們真的應該為自己做些什麼！」李美雲看著兩個女兒說。「總覺得有什麼不祥的事要發生。」媽媽一直口中唸叨。

黎意文和黎憶恩對望一眼。姊妹同甘共苦過，畢竟有默契。

很意外的，李美雲非常慷慨，她竟然挑中了一間剛開幕不久的五星級飯店，請她的女兒吃飯。她的人生真的改變了嗎？平常買菜的時候，她是能夠少付五元就少付五元的，不然，肯定多要兩根蔥。

「我一直想來這裡，謝謝妳們陪我來喔。」李美雲擺出一副闊太太的樣子，這麼說。

黎意文這才注意到，李美雲穿得非常漂亮，跟往常不一樣，照理說，到醫院陪女兒檢查，肯定不用穿上全套的豹紋雪紡衫。臉上還有妝，口紅搽了玫瑰紅的顏色。李美雲的眼線是紋的，眉毛也是，其實不化妝的時候，看起來火眼金睛很兇。

黎意文昨天穿去喪禮的衣服報銷了，她身上穿的是一件李美雲剛剛帶到醫院來的鵝黃色長碎花洋裝。這壓根不是她衣櫥裡的衣服，肯定也不是李美雲的，李美雲雖然不瘦，但她的尺寸還比意文要小兩號。李美雲說，這是她在醫院附近的服裝店買的，她覺得好看。

只有這件可以穿的黎意文，一點說不的權利都沒有，她只希望趕快結束這豪華的午宴，回到家，快換回讓她不再感覺自己在演傀儡戲的衣服。

這是一間飯店裡的法式自助餐廳，頂上全都是鏡子，只要一抬頭，就可以看見無數個自己。窗子上的花紋仿造巴洛克的風格，最裡頭的牆面上，有一隻巨大的灰色犀牛的頭，似乎是名雕刻家的作品，不知道什麼用意，但和這些鏡子和水晶燈以及巴洛克的牆面裝飾放在一起，這來自非洲的野獸頭部並沒有違和感。如果……如果不是和李美雲坐在這裡，黎意文肯定會喜歡這個地方。

黎憶恩在這麼昂貴的餐廳裡，雖然表情仍然保持對媽媽話語的警戒，但看來也比較融入了些。她收起耳機，打量著四周。「我可以去拿菜了嗎？」

「當然，Please！」李美雲說了一句英文，黎憶恩皺著眉頭，嘴角卻露了笑容。

黎意文跟著妹妹起身，又聽到李美雲對她說：「我本來想叫妳少吃一點，可是來這裡，少吃有點可惜，那還是明天再減肥吧……」

等她們兩個人各自端著滿滿的菜回到原來的桌子時，她們發現了一個沒有見過的新客人，那個女人的年紀大概就介於李美雲跟她們之間，穿著豔粉紅色的漸層套裝，極瘦，像一隻傳說中的火鶴。

「叫我琳達就好！」她露出一個開展到百分之百的笑容：「兩位公主好！」

公主？

黎意文和黎憶恩又相看一眼。是不是……宴無好宴……每一頓和李美雲在外頭吃的飯，細數來頓頓都是鴻門宴！這下子又有什麼名堂。

黎憶恩下意識地看看口袋裡的耳機，猶豫著什麼時候要拿出來。不過，她還是低頭大口大口吃了起來。

意文看到她吃飯的樣子，幾乎可以判斷妹妹這些日子，實在不是過得很好，應該是有一頓沒一頓的……今天早上憶恩看自己吃完醫院那清淡得可憐的伙食，根本沒吃飽，說要幫她買早餐，買回來一包豆漿和一套燒餅油條，還有一個沒有油條的燒餅。

這是她們姊妹最喜歡的早餐方式了。意文問：為什麼妳的燒餅裡沒有油條？憶恩回答：「我現在很怕油膩。」

「我都沒說要減肥了，妳減什麼？陪我吃啦……」

她把一半的油條分給憶恩，憶恩津津有味地吃了。那時她充分懷疑，憶恩身上沒有錢。她昨天不知道從什麼遙遠的地方到醫院來看她，應該是匆匆忙忙出來的，身上很可能沒有帶足夠的錢，又不好講。

「嘿，妳們怎麼不跟人家打招呼啊……」李美雲把她們喚回現實中。

「琳達姊好。」意文開口。

「叫我琳達就可以了。」

她和李美雲看來很有默契，都是玫瑰色的口紅。不知道臺灣中年婦女為什麼那麼喜歡這種張牙舞爪的冶豔玫瑰色？充滿了一種自我武裝的力量？

「她是趙老師的學生。」李美雲看了看女兒，對琳達說：「就麻煩妳了，琳達，我們都想要改變人生。」

什麼奇怪的話？

「來，這是我的名片。」

邱比特會館？這是……

「我是這家公司的創辦人，我平常很少自己出來的，但是趙老師打電話來呼喚我，我一定要自己出來接這個Case！」

果然……又中計了。意文和憶恩，對望了一眼。籠中困獸的無奈微笑。

「昨天晚上看到您傳給我的照片，令嬡真的長得很……很……清秀……」琳達，妳真敢說話！黎意文大概明白是什麼事了，她看見琳達滑動手機，手機裡的照片，嗯，是她們高中時候的照片，李美雲很顯然拿了她們少女時代的照片在……濫竽……充……數！

「呵呵，我媽拿這麼久以前的照片給妳啊？真的是詐騙集團！」黎憶恩比只敢在心中聒噪的姊姊先開口。

「二位別客氣，我覺得妳們真的條件很好……」琳達仍然一臉燦爛笑容。

「原來妳也是詐騙集團！」黎憶恩大口咬了牛排，似笑非笑地說。

完了，完了，如果妹妹炮火全開……

黎意文本來打算要進攻眼前的港式燒賣，現在一無食欲。

「呵呵呵，二小姐吧？您真是幽默呀，我超欣賞的，在我看來，我們女人呀，幽默感很重要的喔！」

我真佩服妳。黎意文心裡說。

李美雲也陪著笑了兩聲，她想的是，果然沒有所託非人，這隻火鶴，的確是一隻了不起的動物，難怪幫忙介紹的趙太太說：「如果我這個學生沒能成功達成妳的願望，我看其他人也難了。」

趙太太以前是老師。她也比任何人都要清楚李美雲家中的狀況。這兩個女兒，不是普通婚友社能處理的。

「先拿食物，等下再說吧？」李美雲自己餓了。她看著人們走過身邊，紛紛對自助餐檯的菜色展開攻擊。不知道這種等級的飯店，菜沒了會不會再補？她剛剛一直用眼角餘光瞄著烤鴨，那是櫻桃鴨吧？皮色焦黃，一看就超好吃，我一定要啃上半隻。

「黎太太，您先去拿菜，我和兩位小姐聊一下。」

「噢，好……」李美雲離開座位前還不忘叮嚀：「我們家這兩個，唉，如果有家教不好的地方請妳原諒，她們就是因為很不像女人，所以到現在，一直嫁不出去。」

一個三十七，一個即將滿三十六，以婚友社來說，已經是相當棘手的案子。何況……何況不只是過了賞味期限的食物，而且還賣相不佳。

一個看起來不胖的時候應該長得還算漂亮，可是超過體重標準至少三十公斤，一百六十五公分左右的姊姊，看起來體重肯定不只八十五……

妹妹脖子上有刺青，頭髮五顏六色，第一秒鐘就在對男人宣告：不要惹我！超瘦，大概一百六十公分，體重可能只有四十公斤，這真是遇到歷史上難得的奇貨可居，不，應該叫做畸貨可拘！

琳達深吸了一口氣，但是她沒有放棄嘴角永遠保持的微笑曲線。「任何人都不能打倒我！」是琳達每天出門前一定會對自己喊個十次的堅實信念！

「其實琳達，我知道我媽很會給人家壓力，不過我老實說，妳真的不用太努力……」意文心想，不如開門見山地說了。

「這……這……」琳達好想說，這怎麼說呢，她還是這麼說了：「妳不要那麼早對自己失望，其實現在的人都晚婚，妳三十七歲，還算很年輕，上個月，才有一位四十二歲的女性成功了……」

「我真的沒有要成功，我過得好好的。」意文打斷她的話，她誤解了：「我是真的不想嫁，那只是我媽單方面的想法。原來她說她想改變人生，是要來改變我們兩個人的人生！」

「意文美女，妳真的沒有談過戀愛嗎？沒有一點嚮往嗎？」琳達很快地接了話說：「其實人生真的不用太早絕望，像我，我很早結婚，老公外遇，我帶了一兒一女出來，本來以為沒希望了，誰知道在三十八歲時遇到我現在的另一半，我才明白，原來上帝為我們關上一扇門，一定會為我開一扇窗，這是真的！」

換上別人，她的樂觀進取一定很有感染力，可惜這一隻坐在她面前的大象，似乎不為所動。

她受夠了。她受夠了李美雲無所不在的控制欲。

她在書店工作，她看過所有教別人永不放棄的書籍。

「琳達小姐，謝謝妳，如果我媽那麼堅持，妳可以請她自己加入會員，幫她找個伴，如何？也許比我們容易成功？請問妳公司是不是有銀髮族或中高齡人士介紹？」

正在往自己嘴裡塞一顆大丸子的黎憶恩笑了，比了個讚。

「這……」琳達說：「是有的，不過，其實更不容易成功……」

琳達有時選擇說真話。那還真是個吃力不討好的工作。雖然公司也曾經開發過第二春的業務，但無疑的這些曾經走入婚姻，帶著婚姻成見的男人，顯然更加挑剔，大部分比年輕人更固執，更忘記自身條件，不管條件多糟，都高貴得像皇親國戚在選妃……

「琳達小姐，妳要不要先吃個飯？不吃白不吃？菜不錯的。」黎憶恩剛剛把一整個盤子的肉吃乾淨，抬起頭來，說。吃飽之後的她，連說話聲音都比較柔和。「我媽真的比我們有需要。妳先去拿菜吃吧好嗎？等一下我吃完甜點和水果之後，我一定會跟妳聊。不過，我要先告訴妳一件事……」

她在琳達耳邊輕輕說了幾個字，輕到黎意文也聽不清楚。當她說完這句悄悄話之後，琳達的玫瑰色嘴唇凍結了一秒、兩秒、三秒……才慢慢恢復原狀。

黎憶恩臉上似笑非笑，在李美雲拿好菜回座時，又起身去拿第二盤。

李美雲不是蓋的，她成功端回了兩大盤一模一樣的東西，對琳達說：「我覺得好吃的，都幫妳拿一點，剛剛我這兩個不肖女，沒有得罪妳吧？」

「怎麼會呢，黎太太……」琳達還是微笑著，雖然眼神泛著一些絕望，她感覺自己此行應該會無功而返。

「如果我讓她減肥，真的可能成功對吧？」李美雲一邊吃，一邊對琳達說。

咳，意文差點把一根魚刺吃進肚子裡，她從嘴裡把那根來錯地方的刺挑了出來。

「其實，她不胖的時候，是真的人見人愛的。以前念高中的時候，喏，就是我昨天傳給妳的照片，當時有個男生在追她，兩個人還偷偷約會……聽說追她的人不只一個……」

這是在述說二戰老兵身上曾經有過的光榮彈痕嗎？

意文已經快要忍不住了。哪壺不開提哪壺！她威風虎虎地站起來，眼前兩個女人盯著她的下一步動作。「我去拿飲料！抱歉！」

本來是要拍桌子的，本來。可是就在那零點零一秒準備拍桌時間，她忽然想起李美雲在靈堂裡英勇滅火的樣子。她……似乎不應該再把火點起來！

咦？奇怪？憶恩呢？

她環顧四周。她並沒有在拿菜。去洗手間了嗎？為了喘口氣，她跑到洗手間一趟，不過，洗手間裡除了她，沒有別人。憶恩又尿遁了。

總是這樣。總是只有我留下來。

其實我也很想走。

可是妳走了，我怎麼能走？

現在我該怎麼辦？當我媽想要知其不可而為之？

媽媽總是知其不可而為之，不管她多麼想改變現狀，她想改變的，都只是我的人生……她一直覺得自己做得很完美，可是她並不知道，她的身邊，死的死、逃的逃……爸爸死了。她一直認為他們是天作之合，爸爸那天在檢查電纜裝置，結果，忽然失去了意識，從很高的地方掉下來。醫生檢查，是腦溢血。

這件事雖然不能怪到媽媽身上，但只有她知道，前一天晚上，爸爸媽媽不知道為什麼在吵架，爸爸一個人在喝悶酒。爸爸永遠說不過媽媽，所以只能喝悶酒。連喝悶酒也不行，她在旁邊連珠炮般地唸著，似乎是為了爸爸「偷偷」拿私房錢資助婆家兄弟，媽媽非常不高興。「我又沒有拿家裡的錢，我只是把我的加班費存下來沒有花……」這是爸爸的理由。李美雲並不接受，她覺得爸爸不該瞞著她。

李美雲總是用自己的理由在處理這世界上的一切事情。都不需要講理。

雖然爸媽感情好的時候的確也很好，就是那種「保證爸爸沒小三」、「媽媽也不會在外頭搞七捻三」的那種好，不過，沒有外遇的婚姻就叫幸福婚姻嗎？爸媽都有的家庭就叫美滿家庭嗎？黎意文可不這麼認為。

李美雲啊妳真了不起！黎意文站在洗手台，怔怔看著鏡子，看著自己的臉。

她已經很久很久不想要正視自己的臉了。

我的確也曾經是個美少女。她對自己說，可是，現在我比較輕鬆。李美雲妳真的還敢提起我的高中時代，妳那時候根本像是個剪刀手！

妳一把剪掉我所有的青春，不是妳還有誰？

那一年她曾經談過戀愛，沒錯，非常純粹的戀愛，可是李美雲妳做的事，讓我到現在還很難忘。她先得過厭食症，然後……食物變成她對人世間最簡單的依戀……最後，她成功地把自己的體型變成對戀愛這件事很安全的狀態。如果要追溯起來，應該是這樣子的吧。

從大一開始，她就漸漸「壯大」起來，不是心靈是身材。

所有的高中以前同學看到她，都不相信那是以前的清秀佳人意文。就跟現在憶恩的同學也絕對認不出她來，那隻長得像刺蝟的是當年總是志願要當康樂股長的黎憶恩，曾經是一出校門故意把裙腰往上折一圈讓裙子看起來比較短的黎憶恩。

「黎憶恩比妳帥多了，」她對鏡子裡的自己說：「她溜走了，因為她知道，我會留下來。可是，我現在要怎麼處理這件事情，才不會讓這間五星級飯店又發生像靈堂那樣的類似爆炸案？」

她忽然有個點子。她的眼睛開始有了一點光芒。就這麼辦！

「喂，妳怎麼拿東西拿這麼久？」

看著黎意文拿著一杯鮮紅的西瓜汁慢慢走回來，李美雲問。

「我拉肚子。」黎意文說。

「妳妹呢？」

「她剛說她買的車票時間到了，先走了，要我跟妳說一聲。」

「她買車票去哪裡？」不往下問就不是李美雲。

在陌生人面前，李美雲忍住不發怒。發怒多麼沒面子，在這樣高級的場合裡。

「我也不知道。」黎意文聳聳肩，慢條斯理地坐下來。

「對不起，我的教育失敗……」李美雲對琳達頻頻道歉：「真是的，就算再急，也要跟客人說一聲，不過這個孩子，真的是很認真負責的，她現在在教小孩子畫畫……是個很負責的老師，她早上就告訴我了，我沒跟妳提，不好意思啊……」

「琳達小姐，這樣吧，我決定接受我媽的安排！」黎意文開口說：「不過，妳可不可以也同時幫我媽安排？」

琳達和李美雲同時愣了一下。

「我妹妹根本不受任何束縛，妳剛看到就知道了……」

「我知道，我知道……」琳達點頭如搗蒜。

不知道妹妹剛剛跟琳達講了什麼超級有威力的話，能夠達到這樣的效果。

妳的辦法總是比我厲害呀，憶恩。

黎意文的態度變得非常大方而自然。「既然我妹很難安排，那麼妳幫我媽安排，她現在也是單身，不是嗎？這幾年她常常抱怨，家裡要有個男人呀，一定要有個男人，妳們不是也有在幫忙找第二春？我覺得她的條件還比我好得多……」

「妳胡說些什麼？我是從一而終的，我從以前到現在，只有妳爸一個男人……」老調又重彈了。

這非趕快給它踩煞車不可，否則人家的午餐時間快要結束了。

「拜託，這什麼時代了……還什麼從一而終，」黎意文說：「媽，來，看著我，真的，其實我都沒有告訴妳，我這幾個月一直做一個夢，夢見爸爸來跟我說，他很擔心妳，他希望能夠有個男人好好照顧妳，其實他在世的時候，一直沒能讓妳滿意，又不能陪妳到老，很不好意思……」

黎意文在高中時候曾經加入話劇社當編劇，還當過第二女配角，這只不過是把那恍如隔世的本領拿出來。

不過，在李美雲看來，這不是大女兒本人，她那種自信的樣子，好像有什麼別的靈魂來附身。她發著呆，安靜地聽著，很罕見地沒有回嘴。她的兩行淚就這樣滾滾流下來。

「琳達小姐，」意文又說：「難怪我剛剛看到妳的時候，覺得妳好親切，好面熟，原來我在夢中也看過妳！這一切一定是我爸爸安排的。他希望我媽媽能夠獲得幸福，那麼，我們就都得救了。」

「什麼得救了？」

糟了，說得太順嘴，把真正的心中話也吐出來。「我跟我媽一起離開不幸福的深淵，得救了！」

「他……真的是這麼說的嗎？」

「他這麼說，而且我還記得，我有聽到他說，命中注定的人已經等待妳很久，」意文將眼光放在琳達身上，鄭重地說：「琳達小姐，就拜託妳幫我們尋找幸福吧。」一個慷慨激昂的結論。

黎意文對自己的演出感到滿意。

「妳真的比妳妹妹體貼多了！」李美雲看著自己的大女兒說。是的，她今天有點反常，所以更加可信，她真的是想要改變自己的人生了，不然，多叫人擔心啊，自己萬一不在了，這兩個女兒該怎麼辦？尤其是大女兒，好像一個朋友也沒有？她一直這麼擔心著，只不過這個女兒像一堵牆，完全拒絕她的好意，每天回到家裡，行屍走肉，好像也不太在意自己是不是活著。

琳達小姐還是用彎月型的微笑，從包包裡把兩本契約書依照計畫拿出來。雖然計畫有些改變，人換了，但是結果還是圓滿達成。

「因為趙老師有介紹，所以我幫二位打七折。這是兩年內有效的，通常，我們為您找到對象的時間，平均是六個月而已。至於找到對象之後要不要結婚，那當然是個人的意志，我們不能夠強迫您的。」

看著李美雲爽快地簽字，黎意文臉上泛著微笑。天哪還真貴，打七折，第一筆費用就要五萬多元，兩個人就要十萬多……可能只是頭期款，媽的真是浪費錢，這筆錢夠我去法國好好玩一趟啊，而這一次李美雲付錢的乾脆也讓黎意文大感意外，她沒有多要根蔥嗎？

果然……

「我說呀，如果我們兩個都成功的話，我們再來幫我們家妹妹入會吧……那個第三個可以再打折多一點嗎？」

「這個好說，當然可以的……」琳達的彎月嘴快要張到耳朵了。

黎意文為自己的即興演出喝采。她沒想到，後面還更精彩！

「我妹到底跟妳說什麼？」意文在李美雲去拿甜點時小聲問。「妳不知道？她說她是同性戀，只愛女人……我們沒法介紹。」

黎意文笑了，誰知道憶恩說的是真的假的？總之，她成功逃跑。

不管情商多高，跟長輩吃飯，都不是什麼容易的事。

這天晚上，林希柔開車回到家鄉。念大學的時候，從家鄉到臺北，至少要兩個半小時，現在隧道開通後，一個小時就會到。不過那已經是幾十年前的事了。

當回家變得容易，到底是幸運還是不幸？

忙，當然是個藉口，逃避不會太愉快的場面，才是真的。

因為弟弟又打電話來了，說爸爸好像得了恐慌症，還是……精神哪裡出了問題，總之他說他無法呼吸。

「我帶他去急診，去做心電圖，醫生說他沒問題，一切健康檢查報告，也很正常……我想……我想……他是心理問題，姊，妳可以看看他的心理問題嗎？」

她今天好累，上了兩個節目，做完了三組諮商，其中有一位周太太，是她最懼怕的人物，不管經過多少次治療，她永遠像壞掉的錄音機一樣說著她前夫的問題，都離婚快二十年了，已經……

每次跟這一位會客，她都感覺到周太太已經把她的負面能量消耗掉了，足以快快樂樂地走出門。不過，每一次回來，她又回復原來的樣子，講同樣的話。

那種感覺，很像《大法師》或者《奪魂鋸》之類的電影，不斷地推出續集，又續集，又續……每一次鬼魂都會回來，一次戰鬥比一次慘烈……

之四

從來不停止的洶湧

上一次自己開車回家，差點出了車禍。一輛貨車滿載著泥沙，從她的背後超車。林希柔正在懷疑，對這隧道而言，貨車的噸數似乎大了點，不該往這條相當狹窄的交通要道走。

不過，法律總是來不及保護你，法律不是蜘蛛人也不是超人，只能在你遇難了才被迫出來嚷嚷。那輛違規車輛本身就不是法律擋得住的……她腦袋裡正想著貨車是不是公然違法的問題，那輛車要拐到她右邊時，因為車速太快、後側的輪子竟然在她眼前像飄起來似的。這個動作叫做甩尾嗎？

上頭的泥沙像瀑布一樣洩下來。林希柔從來沒有尖叫得那麼大聲過。接下來，全部都是本能動作，好長好尖銳的煞車聲，右邊已無空間，還有不斷成長的沙丘擋路，她趕緊把車迴向左邊同向車道，還好此時車子不多，後頭來車看前面發生了事故，飛砂走石，也停下來了。

一場虛驚。林希柔驚魂甫定後上路，看到弟弟，把行車記錄器影片給他看，大家都比她還驚嚇。

「我看我是不是要去祭改什麼的，」她苦笑道。當然是開玩笑的，她不信這些。

在沒西方醫學和心理學的時候，祭改應該是平定心情的好方法，而她是一個受過理性科學教育的人，始終相信有比這些民俗療法更有說服力的方法。

「姊，妳改搭Bus吧，到了站，我去接妳，不然這樣太危險了。」

林希柔開車從來不認真，是習慣，因為她常常在想各式各樣的事情，腦力激盪各種解決生活瑣碎的創新好方法。

九死一生的她繼續行事表上的行程，跟父親和他的朋友吃飯。

這是她想到的方法。

第一次跟父親的朋友們吃飯，是在母親去世半年後吧。

弟弟一家本來在經營觀光工廠和餐廳，所以住在靠鄉間的大房子裡，美其名別墅，外表看起來也挺像樣，裡面裝潢清湯掛麵。而老家是在小鎮鬧區附近，原來她父親曾經任職的學校旁邊。這所學校本來是個私立高職，不知幾年前改制成了大學。

父親是個只會教書的老師，教的還是沒那麼重點的課程——歷史和公民課，那也不是他的本行，他原來是念教育相關科系的。根據口傳歷史，希柔是這樣聽說的：爸爸本來打算在故鄉的學校安穩地教書、娶妻、生兒育女，他口齒清晰、教書認真，每堂課開始必講兩個笑話，相當受學生歡迎，不過一直被一位爸爸稱為「黨棍」、教同科的老師盯上，一直在刁難他，真是所謂的「不憤不啟、不悱不發」啊，爸爸忍無可忍，辭職回去念了兩年碩士。那個年代碩士不多，公立學校碩士，一畢業就可以分發到大專以上的學校工作。於是爸爸又回頭念了歷史碩士。那兩年時間的家計是由媽媽撐著的，媽媽常講起。當年希柔四歲，只記得自己並不常看到爸爸，其實沒什麼印象。

拿了學位之後，有一段時間爸爸當兼任講師，教了兩個學校，一個在臺中，一個在臺北，只有在假日才回家。

後來為了改善家計，爸爸到臺北後火車站的國四班和高四班兼課，專門教學生在歷史課拿高分，後來連三民主義課也能教。「我都是這樣跟學生說的，如果你真的不會念書，英文不好，數學看不懂，那麼你就應該把這些背的科目搞好，輕輕鬆鬆，就算上不了公立大學，也可以考上很好的私立大學。千萬不要捨近求遠！送分的，你不能不要！」爸爸曾經這麼說過幾次。他的確也讓一些考了好幾年的學生如願上了大學。那是個填鴨教育的年代，只要懂得一套方法，多做一些模擬考題，高中歷史課本就那六本嘛，要把背誦的科目考好，並不是那麼困難，所以林希柔的爸爸林志深，因為一些被視為「不重要」的科目，幫助了補習班的升學率，讓不少人在重考時多了好多分數。林希柔自己考大學時也看過爸爸的講義，的確是題題重點。

後來林志深找到了大專院校專職的工作，也偶爾還在這些補習班兼差。年紀稍大點後，又碰到故鄉曾任職的高職改制成大學，校長就是他以前的同學，於是林志深回到故鄉當副教授，教些通識教育的課程，後來短暫成為副校長後退休。

六十五歲，拿了一筆還可以的退休金過日子。每個月還有月俸。

林希柔的母親是小學老師，那個年代，十八歲就開始教書，所以不到五十歲就退休了。

退休是手牽手悠閒過日子的開始吧？

他們曾經有這麼一絲期望，但是，如果之前就暗濤洶湧，那麼暗濤就會變成明明白白的大浪來襲。林希柔去念心理學，或許就因為她對人性本就不樂觀，心中疑團也多得很。

半年後的某一天，她和弟弟同時接到一個訊息。父親說他剛剛到附近的公家圖書館看完書。圖書館在那座嶄新的市民活動中心十樓。

「我都是爬樓梯上去的，運動運動嘛，不然也沒事做，爬樓梯可以消磨一些時間，不過我今天不知道怎麼了？我爬到十樓，又往頂樓爬，整個腦袋都空了，忽然有想要跳下去的衝動！」

這……不就是有輕生念頭嗎？

一般來說，處理這個負面思緒是林希柔的專長之一。

不過當事主變成家人的時候，想要非常鎮定，很難。

幾乎在她接到訊息的三分鐘內，林希陽打電話來。

「你也接到了？」

兩個人都收到類似的求救訊號，那就是非處理不可。

「你不用緊張，我們來跟他吃個飯好好談吧。」林希柔說：「如果他還這麼想求救，表示他求生意志……還算很強。你先帶他去吃個飯還是……？」

「姊，我真的不知道他想要怎樣？我一直跟他說，媽媽去世了，讓我們照顧他，反正我們家還算大，孩子也都住校讀書去了，我們現在只管一家海邊咖啡廳，還有朋友託管的兩家民宿，就算我們在忙，也有員工可以陪他，他可以跟我們一起上班，我們搞個桌子給他寫書法，有現成的飯吃，不是很好嗎？可是不管說好說歹，他就是不來跟我住！他堅持要自己住！」

弟弟有條有理地吐著苦水。

「你辛苦了，我知道的。」

她明白弟弟怕她責怪自己沒照顧好父親。林希柔得先保證自己不會這麼想。弟弟已經是很負責任的長子。因為地緣因素，弟弟一家人幾年前就搬回家鄉，和父親接觸的時間比她這個像蜜蜂一樣忙的「不孝女」多很多。

林希柔想的是「背後的問題」。父親看似好好先生，但是就像一座冰山一樣，只看得到浮在上頭的十分之一，藏在海面下的十分之九，她並不真的十分清楚。其實她這輩子到目前為止，和父親的交集有限。父親一直以「養家活口」名義在外，像個流浪教師。直到祖母年紀大了，臥病在床，父親退休請調回鄉。家裡都是母親在管的，父親基本上不管小孩，她和弟弟小時候如果吵架，父親看到了，從來沒有問原因，不管誰對誰錯，伸出手來，各打一下。父親還囑咐過兩個孩子，如果有任何事情，最好學會自己解決，不然給媽媽知道了，媽媽會小事化大、天南地北地來麻煩他，在他耳朵旁唸個沒完沒了，所以請他們不要惹禍。不要聽任何壞事的原因，大概就是希望生活平靜，小孩別帶來太大麻煩就好。畢竟，林希柔的母親已經是一個內心戲非常暗濤洶湧，而且做事牌理飄忽的人，雖然外人看來琴瑟和鳴，可是林希柔很清楚，父親的日子並沒有比她童年好過。寂寞，想輕生？又不願意和子女同住？是的，這不是個好解決的例子。他訴苦，卻又拒絕任何解決方案。

「我也問過他，是不是我們一家要搬回去陪他住，他也沒說好。」林希陽一向是個想法不太複雜的人：「我真的覺得我被他卡住了。」

林希柔企圖像將繭抽絲般找到一些原因。她趕回家，跟爸爸說，你可不可以出去多交一些朋友……

爸爸真的是因為媽媽走了，備感寂寞嗎？

這是可疑的，平時，如果不是一定要一起出去喝喜酒或參加同學會什麼的，爸媽也幾乎不一起出門。這幾十年來，媽媽對爸爸，爸爸對媽媽的抱怨沒有少過。

媽媽有一度打電話給她，要她介紹律師，氣得說兩個人要離婚。

媽媽本來管很多，退休回家沒事之後，管更多。

他們的婚姻始終穩固，雖然就是尋常夫妻，外人看，不能說一對怨偶，家人看，也不能算是一對佳偶。

「啊，那個妳知道我有個表弟，以前在開文具行的，叫做阿平嗎？」爸爸說。

希柔彷彿聽說過，但是毫無印象。畢竟小時候爸爸常不在，所以過年過節會來到家裡的，只有媽媽那邊的親人，爸爸那邊的親人，幾乎沒有來過。

爸爸的表弟……我要叫他表叔還是堂叔？她想不清楚，歪著頭聽著。

「他要幫我介紹朋友……」爸爸說。因為有點重聽，所以他的音量相當大，雖然只有兩個人在場，聲音卻好像在講臺上講課一樣。

「太好了，你努力去交朋友啊……我和弟弟都會很贊成的。」

「是啊，不然啊，你知道，我都只能一個人去圖書館看書，看報紙，圖書館在十樓……我都是爬樓梯上去的，運動運動嘛，不然也沒事做，爬樓梯可以消磨一些時間，最近我常爬到頂樓，整個腦袋都空了，忽然……有想要跳下去的衝動！」又重複了……

我知道的，爸爸。她握住了爸爸的手。這句話，在簡訊裡聽了一遍，在這天會面的一個小時內，她聽了三遍，所以，總共四遍，像跳針似的，爸爸一直說著這個悲哀的念頭。像是在背劇本似的。

他忘了他已經說了很多遍？

林希柔請朋友幫忙，在附近的大醫院安排一個檢查。她打算，如果爸爸真的是失智了，有任何問題的話，那麼，或者可以為他請個外勞看顧，這點也得到弟弟首肯。

「你們出力，我出錢。」希柔夫妻是頂客族，平時她也活得像個單身貴族，再加上投資得到秋惠班長的協助，有些被動收入，不愁晚年沒依靠。她把外傭的費用承擔下來了。

「這不好意思……我也出點吧……」弟弟說。

「沒關係，你們有孩子要養，生意也需要錢……」

很多人家裡為了錢，兄弟姊妹爭得你死我活，林家姊弟算是一團和氣。不過，他們的爸爸，似乎也不因為這樣感覺到滿足和快樂？

經過檢查，林志深的腦真的比別人耐用。巴氏量表，一百分。「滿分吔！」林希陽在電話那頭苦笑：「我去做恐怕不會有一百分！我其實有暗示他，其實你不用太較真，就自自然然的，不知道就放空沒關係……」

不愧是名師，自己答考卷，也不容許失誤。

「他考了一百分，自己還很高興……醫生說，很久沒有看到快八十歲的人考一百分！」

這意謂著他根本沒有資格請外勞來看護。

問題不在失智，難道問題在於問題太簡單了嗎？這個解決方法行不通，那麼，下一招呢？

這件事就這樣處理了，剛開始，希柔還很感謝不知從哪裡冒出來的表叔。只是剛開始。

她約了一個星期四在弟弟的望海咖啡廳吃飯，要弟弟準備爸爸喜歡吃的海鮮。她刻意不約在週末，以免人山人海，容易被遊客打擾，餐廳的最頂樓有個加蓋的ＶＩＰ

室，可以看見大片的海洋。天氣好的時候，藍天碧海，晴光無限。

她請爸爸多約幾個朋友。爸爸在電話那頭似乎挺開心的。

她從來不反對爸爸有自己的交友圈，甚至有紅粉知己。只是想像很容易，現實很費力。

第一次邀請，林志深帶來了一男三女。「這是曾伯伯，曾伯伯是藥劑師，妳媽生病的時候，曾經幫過很多忙。」

「這是宜美小姐，她和她先生都提早退休，在我最難過的時候，他們夫妻帶我參加了許多活動。還有這是麗真阿姨，她現在在幫我當管家。」

麗真阿姨看起來超過六十歲，穿著黑底玫瑰紅的洋裝。臉上堆滿客氣的笑，看起來精明外露，但還算和藹可親，應對得體。

弟弟和弟媳婦在外頭招待客人。弟媳方才悄悄對她說，其中有一位好像跟爸爸很好，哪一位呢？

還有一個一直在講話的花花姊。身上 Bling Bling 的，肯定在本地的婦女組織裡相當活躍。

大家寒暄了一些「唉呀，妳比電視上看來年輕。」、「本人看起來好漂亮……」這樣的話題。

這是個海邊咖啡廳，平時只有咖哩飯、羅宋湯、海鮮類簡餐和飲品。弟弟幫希柔準備了她最喜歡的本地近海紅喉魚，也幫客人準備了起司燴龍蝦。希柔注意到了一個動作：麗真阿姨幫爸爸把魚刺都挑出來，然後一筷子夾進爸爸嘴裡，像在餵小寶寶一樣。

爸爸張嘴的動作也很自然。

當天希柔把準備的伴手禮和保養品都送給這些阿姨和姊姊。大家似乎都很高興，說她客氣了。

那是個冬天，海邊其實更冷。還好當日陽光普照。

為什麼記得是個冬天？

因為花花姊指著希柔脖子上的水貂毛圍巾說：「這個好漂亮，哪裡買的？」

希柔心想，自己其實很少用，就馬上脫下來送給花花姊了。

花花姊老實不客氣地接受。

本來以為賓主盡歡。不過後來在洗手間時，宜美小姐和她擦肩而過，對她說：「那個花花是本地交際花，是我們剛認識的，她聽說妳要請林老師的朋友吃飯，自己一定要跟來的，妳不用對她這麼好。」

她往桌子那邊望去，似乎看到麗真阿姨給了花花一個白眼。

這個宜美，大概不比希柔大五歲，只怕也是個唯恐天下不亂的白目女。當林希陽端著提拉米蘇上桌時，宜美很理所當然地說：「嘿，有句話我好想對你們說喔，我覺得這裡賣西餐不太會有客人，為什麼不賣百元小炒啊，然後給大家喝啤酒，這樣生意一定很好，我們本地人比較喜歡吃熱炒啦！」

希陽對著宜美一笑，尷尬地說：「原來妳喜歡划酒拳，對吧？」

這間咖啡廳外觀，是希臘風的藍白建築，如果賣百元小炒，一定很有鄉土趣味。

第一次見面，自己也不曾做生意，就要給足建議的人……真妙，希柔想。

實在搞不清楚他們是什麼關係。

後來，才慢慢搞清楚了。

這是撞球妹照片出現在她眼前之前的事情。

那個麗真阿姨看起來穩重，人也正常，多年前喪偶，如果爸爸交往的對象是這樣的人，應該可以稍微放心。

「沒那麼簡單，姊，」弟弟說：「妳不要把鄉下看得這麼簡單。我剛從臺北回來的時候，要開觀光工廠，心裡想，怎麼鄉親人這麼好，連那些代表們都主動來幫你，後來才發現，來幫的有八成希望分杯羹，而那些表面對你最好的什麼長啊，就是寫黑函來告發你的人。」

希陽本來在銀行負責資訊部門工作，後來銀行被整併了，裁員了，拿了筆錢回鄉，想做自己喜歡的事，就近照料父母，創業過程也是一把鼻涕一把淚、幾多歡喜更多愁。

爸爸曾經說「我不要再結婚了」——雖然真意不明，可能只是他對於四十多年婚姻的感慨，但是如果要活到一百歲，爸爸還有二十多年可活，看起來身體挺硬朗，如果沒有伴，那也挺可憐的。如果能夠跟也是孤家寡人的麗真阿姨在一起作伴，也是好的吧。

希柔很記得麗真阿姨給花花姊的白眼，於是再到日本旅行時，還多買了一條水貂圍巾給麗真阿姨。她記得爸爸說臺北士林官邸的玫瑰花園開了，想要到臺北來看花，那麼自己也不用那麼疲倦地往故鄉跑，不如訂個好餐廳，請全家人到臺北聚餐。

「你問問看麗美阿姨要不要一起？我幫她買了東西，我想她應該滿喜歡的……如果她們想要住在臺北，我還可以招待她們住圓山飯店什麼的……」

「……是麗真阿姨！」

「喔，不好意思，記錯了，疫情後，大家太久沒見了。」

因為疫情，此時林希柔有好久沒回去。其實疫情期間她活得挺好，不必一天到晚在外奔波，各種雜事請託都變少了……甚至還可以在線上教課，戴著口罩逛街沒人認得……

「姊，應該不用。因為……好像正在談分手！」

「啊……」沒多久吧，只是過了個三級警戒……

「為什麼？」她忍不住問。

希陽笑了：「你覺得他會告訴我為什麼嗎？我們這一代真是好可憐的夾心餅乾啊，最近我兒子好像也跟女朋友分手了，也沒跟我說為什麼！」

希陽早婚，兒子念高中了。

這……

很正常，不是嗎？原來銀髮族的分手，也這麼快。

或許因為來日沒有那麼多，大家若不能相處，就不必互相拖磨，趕快一拍兩散吧。

不過，「談」是什麼意思？有誰欠誰嗎？

「麗真阿姨有來跟阿雪說一些事情，阿雪說狗屁倒灶的事情不要煩妳。」希陽說：「本來麗真阿姨一直要問妳的電話，跟妳訴苦，阿雪不給她。她說，妳比較忙，而且妳會覺得很荒謬。阿雪說，有事她處理就好。」

希陽娶了個賢妻阿雪，以前曾經在公關公司工作，後來跟他一起回鄉從事觀光事業，是個會處理事情的人。

「處理完了？」

「好像還沒？麗真阿姨說，事情沒那麼簡單了結。她挺厲害的。大概是要一筆分手費吧！」

「分手費？」

「我也覺得挺荒謬的，爸爸說她是管家，每個月有給她三萬元，就是燒燒水，打掃家裡，煮煮飯，晚上麗真阿姨就回到她家自己住。他們兩人在外面也從來沒有承認過什麼……不過，事情好像不單純……」

「蛤？」希柔最不喜歡看八點檔鄉土連續劇，沒想到自己也置身其中了。

總之，希柔只有見到麗真一次。

後來希柔把水貂圍巾送給了阿雪。阿雪和希陽一起，陪爸爸到臺北看玫瑰花，和她吃飯。爸爸的頭髮又少了一些，神色看起來有點寂寞。這是為情所困的結果嗎？林志深的重聽越來越嚴重了，又不肯戴助聽器，而在這麼講究氣氛的餐廳裡，又不適合對著他的耳朵高聲大喊，所以溝通變得相當困難……

所以平安無事地度過了。爸爸說他沒住過圓山飯店，想在臺北多留一天，於是希柔找了熟人幫他訂了一間房。還升了等。

希柔自認為是新時代幹練女性，安排圓滿。雖說十分明白人生本身就是個複雜多元的問題。

「你一個人住可以嗎？」希陽問。「要不要我陪你？」

「不用不用！我可以到處走走，聽說飯店的地道可以參觀，我一個人行的！」林志深的聲音興奮起來，方圓十五公尺，也就是整個鐵板燒牛排館都可以聽得到。

「那麼我們送你過去！」阿雪說。

「不用啊，我可以搭捷運！我大概知道！我喜歡搭捷運系統。」

後來還是希陽和阿雪陪他搭捷運過去。

能夠為爸爸做些讓他高興的事，希柔是很有成就感的。她想要當現代派的孝順子女，心胸開放地讓爸爸享受晚年，畢竟爸爸辛苦了大半輩子，把他們養大，雖然大部分時間沒有陪伴子女，可從沒缺過一頓飯啊！

不料，晚上……出事了。

大約是晚上十點半。

希陽傳來一張照片，紅色的欄杆，很清楚，就是圓山飯店。第一張照片裡頭，是爸爸倚著房間欄杆拍照。不是自拍，一看就是有人在同一場景拍的。

第二張照片，一個濃妝的中年女子，倚著同樣的欄杆，故意做出撩人的動作。同一個房間。

「臉書裡充滿了可怕線索，」林希陽這麼寫。「這下子圓不了謊了。」

「誰傳給你的？」

「麗真阿姨。她剛剛又來跟阿雪哭鬧。」

「蛤？」

「都幾歲的人，」林希陽竟然笑了出來：「像個失戀的少女，直接殺到我們家來，要我們看證據！」

真沒想到。

「姊，妳知道麗真阿姨幾歲嗎？」

「六十多？」

「不是，聽說她七十了。」

「蛤？保養……得真好……」只能這麼說。而心態保養得更好，就是還會為男友劈腿蒐集所有可能證據的青春無敵少女。

「他們兩個人，根本不是什麼管家關係，不過，爸爸始終不承認。」希陽說。

林希柔想起了那個餵食鏡頭。爸爸似乎覺得那樣很幸福，可是……他並不是躺在床上不能動的老人，四肢健全，還蹦跳如昔，會產生那樣的互動行為，無論如何是有點奇怪。當然不只是「管家」而已。林希柔想：生前什麼都管，動不動就要吃醋的媽若知道了，就算是在棺材裡也要跳出來的！

還有，如果媽還在，知道她為爸爸和一個不知名女人付旅館錢，可能會想殺自己女兒一千刀。

「爸爸為她想跟麗真分手？」

「有可能。爸爸真不小心，人家說偷吃要知道擦嘴呀，他都沒擦。那個倚著紅欄杆的女的，也是麗真阿姨認識的，還在同一個公園跳舞！」

「所以現在該怎麼辦？」

「這是他自己的事情，劈腿的人又不是我，我沒經驗，不知道怎麼辦！哈哈哈……」希陽還有心情開玩笑。

「你說得對，他自己的事情要自己解決。你有沒有覺得，他一向有甩鍋的習慣？

也就是把所有事情，能解決的就交給別人解決？小時候，由他能幹的媽，也就是我們十項全能的祖母，為他解決問題，他只要會讀書就好；結婚後，由我們有控制欲的媽來解決所有子女教育和照顧家庭，他負責賺錢就好；現在，自己闖禍了，誰來解決問題？」

「我們！」林希陽說。

「什麼？」

「上個月麗真阿姨就知道他躲起來幽會，讓麗真阿姨找不到他！就算不小心面對面，他也堅決否認，不然就裝重聽……上個星期他跟阿雪說，麗真阿姨管東管西很煩，問阿雪能不能替他去跟麗真說，以後別再來了……其實他說的並不是真正的理由。他從來不對我說實話，卻又希望我們幫忙解決問題。」

林希陽很少說上那麼長一串話。他的口氣聽起來已經很上火了。

「姊，這一次，我們都別插手，我猜，他會來找妳幫忙，因為妳是他偉大的女兒！妳為善不落人後……哈哈哈……」

林希陽笑到自己都想哭了。林希柔也是。

「阿雪說，他一定會來找妳處理分手！」

「蛤？」

這弟媳阿雪，果然聰明剔透。

第二天晚上，也差不多是十點。萬籟俱寂了，不認識的號碼一直打來。

「這個詐騙集團，也太勤奮了！」林希柔本來這麼想，她想出個惡作劇的方法，把電話接了：「我是阿花，這裡是華燈初上酒店，哪裡找？」

那邊是個中氣十足的中老年男子的聲音，用臺語說道：「喂，喂，是林希柔小姐嗎？我是你的叔叔，你爸爸都叫我阿通……這個電話是你爸給我的……打了好久才有人接！」

「嗯？」剛剛的什麼阿花、酒店，對方根本沒聽見，以他講電話聲音之用力，依照林希柔的經驗值：應該也可以判斷有重聽問題。

現在詐騙集團那麼多，除了老人，還會有誰接不認識的人的電話？

「是按呢，」那邊繼續用很溜的臺語說：「我自我介紹一下，我是你祖母的表姊的第三個兒子……小時候妳祖母曾經帶妳到我店裡玩……妳要叫我阿叔……」

「噢，阿叔好。請問有什麼事嗎？現在時間不早了，我還在準備明天早上要幫學生上的課……」

「我知道妳很忙，不過我希望妳多關心妳爸一點……」

這是打電話來教訓我不孝嗎？我不認識你，你客氣點。

到了晚上，林希柔一累，心裡的老虎就張牙舞爪起來。

「有什麼重要的事要告訴我嗎？」

「是按呢，」表叔說：「我現在在幫妳爸處理他和麗真小姐的感情問題……」

「蛤？」

「我的意思是，妳就幫妳爸出面一下，不要讓這個女人膏膏纏下去，人家也是有付出青春來跟他鬥陣，談個和解金！」他講話的力道十足，感覺上應該很習慣跟人家喬事情。

林希柔很快地抓住重點，這時候，有插播，是她爸打來。

「這位叔叔，不好意思，我不太認識你，也不知道我爸跟那個麗真小姐是什麼關係。不過，我有個原則很清楚，我不替任何人解決感情問題，每個人都要會解決自己的問題，他不是我兒子，就算是我兒子，他也得自己解決問題，我想去談這個感情的，不是你也不是我……你來找我討論，我一頭霧煞煞……」林希柔國臺語夾雜地說。「不好意思，我爸打給我，我接一下……」

轉接的電話，林志深超大聲：「希柔啊，那個阿通在找妳，妳可以打給他嗎？」

「阿通是誰？」她故意這麼問。

她明白了。果然是企圖甩鍋。永遠沒有面對過人生問題的爸爸，在母親過世後，剩下的女性「宿主」就是她。

爸爸看她捨得花錢讓他高興，該不會……

「阿通就是妳祖母的表姊還是表妹……的三兒子……」

「爸，我不認識他，我不接不認識的人的電話。」這一說，勾起了過去好多的新仇舊恨，之前媽媽那邊的親戚，只要是忽然打電話來，通常也沒好事！她從十年前開始出現在電視上時，大家覺得她發了，就有人陸續來借錢，還有個表舅，說是嬰兒時期抱過她的，竟然到她固定做來賓的節目攝影棚門口等她，要她幫忙還一筆賭債，他媽的到底我上輩子欠了你們什麼，你們是有曾經幫過我們家，我一人都還沒得道，就要幫忙你們雞犬升天？

「爸，我一定要告訴你！我知道得差不多了，麻煩你感情的事情自己解決，談戀愛的不是我，別想要我解決！你應該知道我媽的個性，如果她知道我幫你解決這種事情，一定會從墳墓裡跳出來找我算帳！你快八十歲了，不是十八歲……」

忽然想到了母親臨終之前告訴她的那個祕密，林希柔火上加火，她不忍了。對，我就是為了治療我自己，才來念心理學！此時她像老虎出柙顧不得理性與禮貌了：

「就算用買的也沒有要別人請客的，要什麼分手費，請你自己出，我對你再好，也不可能會付這種錢！這樣好了，我打到我們老家的協調委員會去！我請地方父老來調解，你也不必再麻煩你的親戚！大家白紙黑字來調解！」

林志深沒有辦法假裝聽不到，因為林希柔根本用丹田之力大吼，咆哮的聲音之大，只怕會把隔壁家的人家都吵醒！這個說法把林志深嚇得連聲音都發抖了。什麼鄉鎮調解委員會……？把事情搞這麼大，不就會被人家傳得很難聽？女兒看起來處事俐落，怎麼會建議這種方法！他不知道女兒可以這麼兇！

這真是他人生中踢過最硬的鐵板之一。

他只能在電話那頭很無力地說：「我知道了，我……我自己去處理，我……我也不知道他找妳做什麼……」

裝蒜！我的電話不就是你給他的！

你還不知道他找我做什麼？你甩鍋給我，是不是男人！

在這句怒吼之前，電話已經掛了！

她全身氣得顫抖，餘怒未消。只能打電話給弟弟，告訴他詳情。「那個阿通到底是誰?!憑什麼打電話給我，要我出面處理爸爸的感情問題！」

「我也不知道，這號人物是媽媽過世後才浮出檯面的。不過，我已經調查出來了，爸爸所有認識的女人，都是他直接或間接介紹的。妳上次看到的，到我餐廳吃飯的那群人，都是一夥的……」林希陽說。

他也生氣了：「無恥！根本是詐騙集團，他們都是一夥的，看哪個男人喪偶，就帶他出來玩，而且會找那些有終身俸的下手！我想大概就是這樣！本來我不想告訴妳，我知道這件事，那個阿通叫爸爸付錢跟麗真阿姨分手！」

「他付就付，還牽扯到我！」一直到此時，林希柔還是暴跳如雷。

「對啊，爸爸又不是沒有錢，他敢做就要敢當！他叫人打電話給妳，該不會……是要妳付錢打發那個女人吧？」

看來林希柔一見面就送禮物的行為，被定義為慷慨肥羊了。

「我如果會付這種錢，我就活該被天打雷劈！」

林希柔從鼻孔發出哼的一聲，感覺自己好像宮鬥劇中把敵人整得死死的壞女人……除了傷心，又有點生氣。怎麼這麼荒謬？父親的問題要女兒來處理。

她忽然體會到母親的辛苦。至於母親臨終之前說的所謂祕密，本來她並不相信。因為母親一直就是那種「我認為如此，就不必講理」的人，她是個很難定義的人：看起來好像很斯文秀氣，但是做起事來有一種蠻勁……有時她會把妄想的事情當成真實，並且習慣讓自己的情緒把一切搞得盆破罐碎為止，肯定沒有用理性解決過任何事情。她這樣說的時候，該不會是因為癌症延誤治療，癌細胞甚至擴散到腦部去了？依林希柔和她交手的經驗，實在也搞不清楚她說的到底是妄想還是現實？至少她知道一點：最後的那兩年，母親認為自己的子宮頸癌一定跟父親有關，所以心裡一直懷恨。她甚至恨到不想接受治療，不然，不會如此迅速就致命……

不，她不想回憶這些事情。林希柔打開抽屜，吃了一顆肌肉鬆弛劑。她知道自己已經像一支被雷打中的避雷針一樣，全身都觸了電，任何方式都很難讓自己平息……

還好有班長。第二天，林希柔要上課前，找到了黃秋惠。

黃秋惠曾經跟她說，她處理這些事情，超級有經驗，對於林希柔說出來的事情，一點也不驚訝。這個說法，至少讓林希柔安心。

她下午就到黃秋惠家。黃秋惠大學畢業就結婚，大兒子在美國念碩士，女兒也在日本念大學了。家裡就只有她和她先生，整個客廳弄得像樣品屋一樣，大地色系，極簡風格，有條不紊。客廳裡的焦點是一幅黃君璧的水墨畫。

「妳怎麼了，很少看到妳這麼沮喪……」黃秋惠笑著聽她把她知道的故事說完。

「好，該我說了，我跟妳說，妳別難過，這個在當今社會只能當正常現象，去年，我花了好多力氣處理類似的事情……然後，我終於相信有我沒辦法的事，想想以前人家說，天要下雨，娘要嫁人，都是沒辦法管的……爸爸要談戀愛，我們也的確無能為力……」

「妳爸爸？妳爸爸是黑道大哥吔，誰敢惹他？」

「我爸先走了，我媽還在，她日子過得不錯。我處理的是我公公。我公公之前在這裡開雜貨店，算是本地小財主……我婆婆五年前先走了，結果……我公公也慢慢跟他所有的子女都斷絕聯絡，連過年年夜飯都叫孩子不要回來……以前，他們大家族好和樂的……

「因為我七十多歲的公公跟一個四十多歲的女人同居了。那個女人大不了我幾歲，也是他朋友介紹認識的。

「就這樣六親不認地過了幾年。我先生是長子，他的四個弟妹，過年只好把我們家當成娘家。拒絕兒女回去過年，當然是那個女人的主意，我公公平時對婆婆多麼大男人主義，我們也實在沒有想過，他會有對另一個女人這麼言聽計從的一天……有一年，我先生費力地把爸爸請過來吃年夜飯……他兩個妹妹直話直說，說她們調查出來，那個女人是本地專門抱棺材板的……我公公不相信，吃到一半就氣走了。他說我們不懂，說兒女只要他的錢，眼裡根本沒有親情，不懂得為他著想……

「去年我公公去世了，是意外，八十三歲的他，半夜騎著小綿羊去夜市買臭豆腐，被車子撞了。他過世後，我去他家整理遺物，發現家裡滿滿是從銀行領錢的牛皮紙袋，疊得好好的，一次領四五十萬元……他很節儉，紙袋都沒丟。存款零……他的真愛從他發生車禍後就沒有出現……」

「天哪，他該不會是被謀殺的吧？」林希柔驚駭地提出她的疑問。

「不是。」黃秋惠斬釘截鐵地說。

「為什麼確定不是？」

「因為……在我公公去世的前幾個月，那個女的一直聯絡仲介，要賣掉我公公的田！最近這裡的圳溝整治得很好，所以以前的廢地都漲了。一直有人來看地，已經在談價錢了……如果是謀殺，應該會等著把田賣掉吧……怎麼會讓他有遺產留下來？」

林希柔重重地嘆了口氣……這個故事，的確還比較慘。

所謂正向心理學，應該告訴自己：幸好沒有更糟……對吧？

之五

悲觀有理，但沒有用

「起床運動吧！」

鬧鐘還沒有響，為什麼要起床？黎意文睜開眼睛，一個巨大人形逼近她的臉：「起來了，我們從今天開始要自立自強！」

「什麼，別開玩笑了！」黎意文瞄了一眼鬧鐘，五點三十分！天還沒有全亮。發什麼瘋？

她把臉埋進棉被裡：「媽，我求求妳，我還要上班……」妳不能因為妳不用上班就神經錯亂、時間錯亂。

「起來啦！我們要先減肥，昨天我們簽的那個約，好貴的……我們要改變自己，不能用以前形象活下去，讓琳達姊失望。」

琳達姊？老媽是把自己當「妹」囉？

那個巨大的人影已經在眼前原地跑起步來……一、二……一、二……一、二，把老舊地板踩得咯吱咯吱響。黎意文終於睜開眼：李美雲穿上了一套粉紅色的運動服上衣和短褲，把自己繃得緊緊的，頭上綁著運動髮帶，也是粉紅色的。圓圓的臉綁上了髮帶，像一個飽滿的蘋果被套了一根繩子，更加圓潤。人家是Nike，她是Nyke。

「好不好看？我昨天在夜市買的！我故意買小一號，現在是剛好……有點緊，不過，我想過了幾天就會真的剛剛好。」

她繼續原地跑步。

為了要把自己推銷出去，妳真的要這麼用力嗎？萬一搞了半天，還是沒法如意，那怎麼辦。黎意文本來是帶著笑意入睡的，她覺得自己對於琳達的這一招，實在高……李美雲這個人啊，她相處了三十七年，非常明白這個人一旦決定了什麼，就是個偏執狂，誰說她都不聽，只能順水推舟，肯定不能逆水前進，會被狂風大浪掀掉小舢板的。

可是她也沒有想到，李美雲還真的「以身作則」接受了這個提議。妹妹逃走了，像條泥鰍一樣，而李美雲竟然沒有氣得在餐廳裡拍桌，還像一隻微笑的狼，接受了她的無厘頭建議，尋找第二春？

還是說……其實李美雲根本就是想要為自己找個男人，不再堅持她自己執行的「從一而終」？

自從爸爸過世之後，只要是燈泡壞了要換，馬桶堵住了要修，或者有稍微重一點的快遞貨品要從一樓搬上來……李美雲都會感嘆一句：「家裡還是要有個男人在……」、「沒有男人真可憐……」事實上，根本也是黎意文修的，修得也很得心應手。黎意文的爸爸專長就是修理各種電纜、電線還有電器，所以李美雲根本就不會……意文自己覺得略懂一點，都是她女代父職地東做西做，最討厭一邊在換燈泡時，李美雲還在「地面」上講這種話。換燈泡一定要男人嗎？黎意文本來以為，李美雲是在暗諷她嫁不出去、沒有男朋友……

原來啊原來……自己搞錯了，原來是李美雲自己需要一個男人！

「唉喲喂呀……」冷不防臉上被一團衣物打中。

「我昨天去夜市，也買了一套給妳喔，妳是粉紫色的，我們兩個配起來剛剛好！妳知道妳的尺寸有多難找嗎？快，趕快穿，我在門口等妳，我先去做暖身運動！妳運動一個小時後回來準備上班，跟妳保證這樣上班精神更好！」

粉紫色！黎意文的舌頭都快伸到下巴來了。

這個人想要把自己的意志力強加到別人身上，也太過分了。

李美雲難道不知道她的衣櫥裡非黑即白，什麼粉紫……

可是，如果辜負了她的好意，那麼自己肯定從今天開始就會活得更不順利。

「快喔，快喔！」在寂靜的巷子裡，萬籟俱寂的幽微黎明時光，她不斷聽到李美雲在樓下的一、二、一、二……還有她的催促和叫喚，這個人……真的完全不顧別人的感受啊。如果她是鄰居，她就馬上用噪音防治法報警取締。

「天越來越亮了，快下來！」

當李美雲看到黎意文的出現，她當然不滿意，但也只能接受。黎意文換上那一件XXL的粉紫色上衣，下頭卻穿著她睡覺用的起毛運動棉褲。李美雲深深地皺了眉頭。

「那條褲子是怎麼了，我只能拉到膝蓋，妳該不會想看我穿著內褲跑吧？」她咕噥著。

「自己沒有檢點，還怪人家尺寸不對！」李美雲為褲子反駁。

「跑啦，快跑！」反而是黎意文出聲催促。她怕李美雲大嚷起來，整個巷子都聽到。

她只想跑到早餐店。但是李美雲非常非常的殘忍。像教官在帶蛙人部隊一樣。

「我們至少要把公園跑兩圈！跑不了就用走的，不然就不要回去！是妳上班會遲到，跟我沒關係！妳自己看著辦吧……奧少年！」

一溜煙跑在她前頭當領導，跟她示威。

真是好有毅力的女人，如果她做事業，有這麼大的動力，她一定會創業成功！

不過，黎意文深深知道，她是不會瘦的。跑完步，流汗像瀑布一樣，她回家沖了個澡，然後在上班途中，買了平常三倍份量的早餐。

她沒有動力，真心誠意的……只想搗蛋。

「嘿，妳收到了通知沒有？」某一天下班，李美雲沾沾自喜地對她說。

「什麼通知？」

「愛神的箭射中了妳！妳看，這個電子卡片做得好漂亮喔！」李美雲拿著手機看了又看：「喏，妳即將在本週六和編號 0805 的 George 張先生會面！」

黎意文兩眼看著天花板。

「妳真的沒有收到嗎？」

「沒有！」意文沒有說謊。

「我條件可能比妳好喔，我先收到了！」李美雲轉了一個圈圈。

自從加入這個婚友社之後，她的心理年齡彷彿急遽地縮小了。變成一個每天冒著粉紅泡泡的待嫁少女。

「對，妳條件好。」黎意文面無表情地拿出了剛剛在巷口買的鹹酥雞。她最近都故意晚點回家，就是不要和李美雲有過多聊天的機會。雖然肯定是她媽親生的，她始終沒有能力和李美雲在同一個頻道上。

「唉喲，妳還吃！我們好不容易運動了很久，妳這一吃不就是白跑了嗎？」李美雲企圖把她的美好宵夜收起來。

偏不！黎意文死命地保護著自己的食物。

「妳真的沒救了！」

「買了不吃，很可惜不是嗎？妳不是教我們不要浪費嗎？來吧，要不要來吃一口？」

「這……不，不！妳不要破壞我的減肥計畫！這……那我吃一小塊好了！」李美雲說。

真了不起，以前還會問她有沒有買宵夜回家的。還會趁她洗澡的時候吃掉大部分。愛情的力量很偉大，即使對於更年期婦女。黎意文想。

李美雲，五十六歲，應該早就過了更年期了吧？她又從更年期往青春期走了……

「哇，這會不會是巧合呢？George and Mary，我剛好叫做 Mary 吔……」李美雲一臉陶醉。「不知道他長得怎樣……」

這應該是婚友社的琳達在長期配對史上所建立的妙招，她讓每個人都只有編號、中文姓氏以及英文名字，在見面之前，並不透露對方年齡，只說主辦單位會勉力為各位做盡量合乎條件的安排，至少會合乎當事人要求條件之八成。

不然，一定很容易碰一鼻子灰吧。百分之百的符合，多麼難找，她又不是神！合乎條件之八成，也就是說，可能會有二成的條件沒有符合。「比如說，妳希望男方是四十歲左右，忽然找來了八十歲的老爺爺跟妳相親！」這個想像中的畫面出現在黎意文的腦海，她忍不住笑出聲來。

「幻想越多，失望越大，妳就去看看就是了吧。」她說。

「妳這個人怎麼這麼悲觀啊，掃興！」李美雲說。

黎意文聳聳肩。在她的想法裡，如果這個人條件很好，他根本不需要請人幫忙找，這個世界對於俊男美女和多金男士而言，到處都是粉紅泡泡，不是嗎？

李美雲心情好，沒有太計較黎意文在說什麼。她忽然想到了什麼……「我來問琳達，我穿什麼樣的衣服比較好？」

她開始傳訊息，把注意力放在手機上，意文努力地啃掉她那份鹹酥雞。

天下無事，趕快回自己房間。

「喂，琳達說，要我穿比較有女人味的衣服，我試穿衣服給妳看好嗎？看妳覺得哪一件好！」

媽呀，這真的是地獄來的服裝秀。

「唉喲，真的應該多給我一點時間，我還來不及減肥呢，不然，我以前有一件洋裝，每次我穿出去，妳爸都說好看！」

這時候提起爸爸，怪怪的吧。

很快的，李美雲期盼的那天，來臨了。

黎意文多麼希望她遇到一些挫折，放棄每天早上五點半堅持把她叫醒去運動。是的，她已經知道自己拖著李美雲、讓媽媽參加婚友社，其實為自己惹來了大麻煩。連著運動七八天，的確，連黎意文的同事都發現她瘦了，不管她多吃了多少東西，幾乎是憤恨且故意要把自己的體重補回來。

「妳陪我去好嗎？」那個星期五，李美雲用充滿期待的眼睛，溫柔地問著自己的女兒。

「什麼？」

「妳陪我去！」李美雲再次強調：「那個 George 會有兒子陪他去，琳達剛剛才通知我！」

「媽……這……這不是園遊會，不需要攜伴參加！那個人是多大年紀啊？還要兒子跟他一起去？他是腦殘了嗎？」

「妳不可以這麼毒舌！」

「我說的是真的！」黎意文說：「我勸妳換下一個好了！這人一定有問題！」

「妳這個人真是悲觀！掃興！我才不是這麼想，我們這個年紀了，一定都是曾經結過婚，沒結過，一定是Gay！人家帶著兒子來，表明了是以結婚為目的來相親，非常慎重，這樣的人不會始亂終棄！」

李美雲故意把始亂終棄四個字咬得很清楚。

用到這個成語，唉喲我的媽……真有創意！黎意文一時不知道該怎麼回答，不過，她還是搖頭說：「不行！」

本來只是想讓李美雲一起跳下水玩玩，現在搞得自己每天溼漉漉。

「這樣吧，我們來商量，下個月，妳可以少給我五千元。」

每個月，黎意文都在李美雲的要求下，給她一萬二千元的孝親費和房租，雖然說這個數目不算多，而她也不用負擔水電費，李美雲幫她煮飯和做便當也不要錢，還算公允。不過，她是一個平凡上班族，薪水不到臺幣四萬元，這筆錢已經不是小數目。

「嗯……」

她有點心動了。陪她去有什麼難？就忍耐一個小時？如果老媽和那個男人看對眼，那麼就可以把時間留給兩個老人家自己去甜言蜜語，相信李美雲也不會要自己在旁邊當拖油瓶！如果看不順眼，搞不好不到一個小時內就可以溜之大吉！這個鐘點費太高了，不得不接受……一個小時可以省五千元！

然而，這世界上，想要賺輕鬆的錢，果然很難。

當天出門，李美雲又和黎意文鬧了不愉快，主要是李美雲除了管自己的衣著之外，還要管黎意文穿什麼。李美雲的恆心果然厲害，她真的餓了好幾天，把自己勉強擠進十年前就不能穿的那件鵝黃色雪紡洋裝，雖然腰部的游泳圈清晰可見。但是她還是超級興奮地轉了幾個圈圈，並且堅持一定要穿那件爸爸稱讚過的洋裝出門。「妳看，我有腰身了，有腰身了……」

她執意要讓黎意文穿上她不知道又在哪裡買的碎花長洋裝。黎意文這下子死不從命。她明白，李美雲急著出門，應該沒辦法脅迫她太久。最後，李美雲勉強同意讓她穿上她自己的連身藍牛仔長裙。

「胖子穿什麼都一樣，但是就是不能穿成一個笑話。」她對自己悲觀地說。黎意文可不是從小胖的！她也曾經瘦過，也曾經認為自己怎麼樣吃也吃不胖過。更曾經認為胖子很懶，只是在為自己愛吃懶得動找藉口，然而……現世報來了，曾幾何時，食物變成了她的知己？不管遇到什麼樣的挫折，就只有食物能夠妥善安慰她越來越被脂肪包覆的心……

當這個世界變成了灰色以後，只有送進口中的能量可以讓它恢復萬花筒般的色彩，不吃行嗎？

相親是在琳達公司二樓的小房間舉行，二樓有三間半透明的房間，隱約看到裡頭有人影。這應該是為了顧客的安全而設計吧。

「我們都有裝錄影機，請放心。這是為了顧客安全，不過，我們會嚴守祕密，不會把影片流出去。」琳達這麼說時，嘴唇還是笑得如花綻放。她誇著李美雲：「哇，一個多禮拜不見，我都不認得了，妳快瘦成一道閃電了，呵呵呵，在我看來，像妳這麼有意志力的人，在愛情中也一定會旗開得勝，加油！」

又看了看黎意文：「美眉，妳好像……也瘦了喲……真是太好了，我們現在正幫妳挑選最適合的人……」

瘦了？胡說？最適合的人？

應該挑選不到吧。

黎意文那天在手機上是這麼「祕密填寫」的，有幾項她寫得好開心：

• 身高：一百八十以上

• 面貌：帥到不行（備註）

• 年齡：小狼狗較佳（備註）……

最有創意的是：年薪五百萬以上……如果有一千萬，兩千萬，她也一定會往上勾選。填自己則十分老實。

• 身高：一百六十五

• 體重：九十（多寫了五公斤）

• 職業：無……

李美雲當然沒有看到她的選擇。

「我看妳就算是南海觀世音，也沒辦法幫我找到配對對象吧……除非妳是孫悟空，往身上拔根毛，變出一個外星球來的都教授……」黎意文自言自語。說真的，對於花掉媽媽那麼多錢，她還是有些歉意。

就算是百分之八十相符，也很困難。

趁著李美雲先一步走入會議室，她小聲對琳達說：「妳真的也不用為我太費心，我就來當我媽的小妹，不久就來當她的伴娘啦……」

「美眉怎麼這麼說，不要灰心，琳達覺得妳一定找得到白馬王子的喔！」

宇宙無敵正向的琳達！黎意文覺得自己快被她超高的情商嚇傻了！

李美雲超級準時。會議室裡沒有人。母女倆坐了十分鐘，才有人推門進來。一個頭髮已經沒有剩下太多的男人，穿著很普通的藍格子衫，還有西裝褲，黑皮帶，一串鑰匙就掛在皮帶上。

「對不起，來晚了……」

「你是 George？」李美雲臉上堆滿笑容，聲音是她能夠展現的最斯文的極限。不管怎樣，雖然這第一眼有點失望，但是她不能夠讓琳達對她的素質和涵養失望。

「噢，George 是我爸……」

這不是走進來了嗎？一拐一拐走進來的。

「這裡沒電梯，所以我爸要走比較久……」

黎意文張大了眼睛，看著走進來的這個……老人……他的上半身都有點佝僂了，看起來……至少有……七十歲了吧……

媽妳到底是填了什麼條件啊？

「我爸爸三年前小中風，所以不良於行……他已經超努力做復健了，自己堅持爬上樓梯，不要我扶……」

所以，現在是要為他的堅毅鼓掌嗎？

「我覺得大家要坦誠交往，所以直接說開了比較好。」這個鑰匙男還真的很開門見山啊。不過，就算他不說，難道有人會看不出來他中風過嗎……

「請問 Mary 是……」

去你的難道還會是我！黎意文真的很想要張開血盆大口咬掉鑰匙男指來指去的食指。

「她！我媽……」她說。

李美雲異常地安靜。她張成了O型的嘴巴一時……收不回來。

「媽，說話呀……」

黎意文好想笑，而且是仰天長嘯。可是，不知怎的又有點不忍心。這不是能笑的時候，人，要有良心和同情心……耳朵旁邊好像有個良知天使忽然出現，這麼提醒她。

「我是國家考試及格的公務員，我爸之前也是公務員退休……」鑰匙男說：「我們家有自己的房子，沒有貸款，我媽過世三年了，所以我想要為我爸找個伴……我爸生了二男二女，都已經成家了，都有正當職業，不麻煩。找個伴，也未必要結婚……看緣分。」

沉默。

只有隔壁房間傳來的隱約笑談聲。黎意文這才注意到，房間裡還放著理查・克萊德曼之類的輕音樂。用來增加浪漫氣氛的嗎？到處都是粉紅色玫瑰花裝飾……當然，是假花。空氣中有一種甜得發膩的香水味。

李美雲怎麼這麼沉默，像個木頭人，連笑容也凍僵了。

「我叫妳 Mary 可以嗎？可以請問您一個問題嗎？您……是怎麼恢復單身的……？」

Mary 似乎還說不出話來。

「我爸是中風死掉的，第一次中風就沒救了。」黎意文似笑非笑地說。

「什麼？她說什麼？」好大聲的回應。是 George 老先生在問他兒子。鑰匙男說：「喔，不好意思，我換個位子，我爸爸的左耳聽不見，我必須到他右邊講……」

「你確定你要講？」黎意文好意提醒……不過，鑰匙男果然是個厲害人物，他換了位子之後，對他爸爸說了簡單的三個字：「她喪偶。」

「喔，這樣是比較好的……」George 說。

什麼，喪偶比較好？你會不會說話，都人生七十古來稀了。

「Mary 不知道以前是做什麼工作？專長是……」

這是求職場合嗎？黎意文又代為回答：「她家管，沒專長！」

平常要這樣亂講，鐵定是火辣辣的一陣追打，沒想到這下子李美雲還是無動於衷，愣愣的好像還沒回魂過來……

「請問 Mary，我就直接問了喔，像我爸這樣的狀況，一定需要有人細心照顧……請問您有一些護理常識嗎？」

如果是正常情況，李美雲一定會說自己有多棒！她上過課，不太久之前才用CPR救活她那個因為膽子小而休克倒地的女兒！會把自己說成無敵女超人，可是現在，她好不容易才吐出幾個字，顯然經過了一番心理掙扎：「我……還好，會一點。」

「她會的就是受傷就搽藥，這樣。」黎意文補充說明。

「我們家最開明了，」鑰匙男接著滔滔不絕地說：「只要我爸爸喜歡，我們家的小孩都可以接受，我們都非常好相處……只是希望爸爸能夠過得好好的，照顧他的人可以有一點護理知識就好了，如果能夠協助他復建，那就更好……」

這是不是找錯地方？你是想要替你爸爸找看護吧？是不是找個外勞仲介比較快？還是你想要找免費的……黎意文相信，此時李美雲是和自己同仇敵愾的，心裡的○○××都一樣。李美雲再想要找到一個男人，但也絕對不會是什麼都好的……

「不好意思，換我問問題好了，請問 George 是怎麼單身的？」黎意文不想一直聽下去，決定反客為主。

「我爸十年前中風，本來都是我媽一個人任勞任怨在照顧他，沒想到，她三年前忽然走了，我們都不知道她心臟有問題……」

「原來是……」原來是被累死的。黎意文本來想這麼說。不行！良知小天使又出現了，提醒她是個有家教、有好好讀過書的女兒……

「那麼請問你們家除了房子之外，還有什麼財產？」黎意文問。

「妳不要這麼沒有禮貌！人家會以為……我們是愛錢的。」李美雲終於開始訓斥女兒。

媽，太好了，您終於開口了，不然我可以為妳忽然失智，失去了所有反應。

「Mary 女兒這樣問也是有道理的，我在稅務機關工作，當然不會避談錢這件事……我爸爸有退休終身俸，雖然最近被政府裁減了一些，不過每個月大概加加減減有四萬元左右可以維持生活……」

難怪不夠請外傭……其實，你有個好處，就是你一定覺得自己的爸爸是世界上最好的，無論如何，都會有女人無怨無尤地來照顧你爸爸！孝子啊孝子……黎意文其實已經聽不下去。她心生一計。她說她想上廁所，挪動身子往門口走。是妳自己要來的，我一定要讓妳單獨面對一下這一齣難演的戲！

她一個人在廁所裡狂笑。

當她再度走入會議室時，她帶著一種驚慌的神色出現了：「媽，糟了，剛剛有警察打電話來，說……說……妹妹出車禍了……我叫她車不要騎那麼快，她都不聽……

妳看……」

她把手機朝向眾人，給他們看一張車禍現場有警察在處理的照片。

「天啊，失陪一下，那……妹妹怎麼了，有沒有怎樣……？」

李美雲是真的緊張。桌上的紙杯都被她打翻了，把一疊資料都弄溼了。

「我也不知道，我過去處理一下……」黎意文轉身就走。

「我也去！我當然要去，不好意思……」李美雲跟著意文出了會議室的門。

「媽，妳的包包呢，別忘了拿……」

黎意文馬上恢復一張老神在在的臉。

李美雲又飛速衝回小會議室拿走包包。「妹妹在哪裡？」

原來，她還沒有頓悟這是脫身之計。好，那就繼續演，免得敵人發現破綻，追殺出來。

「我們上計程車，我帶妳去！」

上了車，黎意文才鬆了口氣，對一臉焦慮的李美雲說：「假的。」

「什麼假的？」

「妹妹出車禍，假的。」

「幹妳娘！要死了妳！這也可以拿來演，妳知道我心臟都快要停了！」李美雲的拳頭落在意文的肩膀上。

「很痛吔，我是為了要救妳……妳……該不會真的看上George，要去當看護吧？」黎意文說。

「幹妳娘當然不會！我一定要找琳達興師問罪，她為什麼給我亂排！」李美雲生氣的時候偶爾會用三字經開頭，剛剛她已經超自然超流暢地講了兩次。

每次講，前頭那個可憐的司機的肩膀就振動了一下。這個車，是黎意文在廁所裡叫好的，要脫逃，就要天衣無縫才行。

「媽，妳要有點氣質，我娘，就是妳，不用幹。」

司機的肩膀顫動得更兇，他已經忍笑不住。

「要死噢妳這個不孝女！」李美雲又搥了她一下。

她當然不會對黎意文說，謝謝妳救苦救難，救我脫離苦海……她剛剛是嚇到了。腦裡的念頭是：我的條件真的有這麼差嗎？這個該死琳達，人家說好的開始是成功的一半，怎麼會排這樣的人來當第一個。

「難道趙太太這麼認真介紹的人是詐騙集團？」

「不可能。媽，妳別這麼想，任何人……任何人都有求偶的權利，不是嗎？」黎意文特意慢條斯理地說：「我是不知道妳填了什麼條件，有公務員吧？」

點頭。

「有喪偶吧？」

點頭。

「有，有房子吧？」

點頭。

「還有子女最好已經成年，只結過一次婚……唉呀，我忘了填身體健康……」

「他也……還算健康啊，不要填這種很模稜兩可的字眼……」黎意文想，像我這樣填，肯定就沒有錯，保證不會有人合格。

「是我填錯了嗎？」

「沒有啊，琳達說會選達標百分之八十的，看起來，George 搞不好有百分之八十合！」

「噢……那我是不是要回去改條件？」李美雲很認真地問。

「在我看來，也不用改，怎麼改都會有百分之二十的意外可能。」黎意文說。她不知道自己的媽聽不聽得懂。

「我們……現在要去哪裡？」李美雲大夢初醒。

她這麼問時，黎意文忽然聽見啪啦一聲，紡織品繃裂的聲音。李美雲暫時放鬆了整個下身一直努力吸氣繃緊的小腹，她備受稱讚的雪紡「合身」洋裝側邊縫線全裂開了……

「唉，怎麼這麼倒楣！」李美雲說。

本來，她充滿對 George 的期待，看了他之後開始懷疑自己的人生——難道，我只能夠被發配給這種狀況的人嗎？

黎意文看出她的沮喪。

「其實，媽，我覺得妳可以多去上課、參加活動，或者是參加踏青、登山之類的……那樣交朋友比較自然。」

這是肺腑之言。黎意文的意思是：如果妳這麼認為女人身邊一定要有男人的話。
「沒關係……我沒關係。」李美雲說：「我只是來陪妳的，妳爭氣點就好！妳到底開什麼條件？」
「妳別擔心，我開的條件很好……」黎意文露出有自信的神祕微笑：「就算符合百分之八十，也就是鳳毛麟角了。」
「什麼毛什麼角？」
「沒事。」她對李美雲說：「我們先回家，妳換個衣服吧，我知道有一家麻辣火鍋，超好吃的。我請妳好不好？」
「好啊。」
她知道李美雲最喜歡麻辣鍋。以前常常抱怨，爸爸不吃辣，害她跟著不能吃辣。
真好，她忘記了減肥這件事情。是不是也會忘記要相親這件事情？
不過，李美雲吃完麻辣鍋後，還是沒有忘記撕毀她的承諾。「小文我跟妳說，我昨天不是說，如果妳陪我去，那妳可以少給我五千元嗎？這次不算！」
「什麼，這次不算？」

「這次我們沒有完成，半途就溜出來啦。」

「妳也太過分了，早知道不用演這一齣，讓妳跟妳的 George 和他的孝順兒子聊久一點！」

「別這樣嘛，好啦，下次再陪我去。」

原來妳沒死心！還有下次！

黎意文想，我真的很像那個王熙鳳呢：機關算盡太聰明，反誤了卿卿性命！我害死我自己！

「下次一定少拿五千……」

看來，要撲滅李美雲的意志力，再大的消防車也不管用了。

她的確沒有放棄！第二天早上五點半，她仍然大聲叫嚷，要黎意文起床跑步。

「老師，我有個問題想問妳……」

李美雲是個認真的好學生，每個星期三，她都按時去林希柔的「正向心理學」的課。

「請說！」她今天講的主要內容是，要避免「多米諾」效應，她已經盡力把它講得非常簡單，讓這些接近銀髮族的學生也聽得懂，也就是說，當人碰到不好的事情時，他們的自然反應，就是不斷想起那個不好的事情，認為自己沒辦法擺脫那個噩運，於是變得無法振作起來……那麼，噩運就會被你吸引，一直來一直來……

「所以你們不可以陷入負面情緒，一直不斷地抱怨又抱怨，這樣好運才會來喔！」剛剛，她是這麼說的。

雖然最近，她自己的確是很難這麼相信的。

可是為了不要一直招致噩運，她還是要花很多時間練習呼吸，讓自己回復正面情緒。

剛剛低頭把教具全部塞進包包裡的林希柔抬起頭來，噢，原來又是那位「很有緣」的繽紛微胖女學生。

她怎麼了，這麼晚了，還戴著墨鏡？

其實剛剛她就很想問了，這一位前幾次上課都坐在第一排的學生，今天忽然閃到了角落，而且不再踴躍發言，也沒有跟班上同學互動？

「老師，我去割雙眼皮啦。謝謝妳。」戴墨鏡的中年婦女，似乎也偵測出了她的疑惑。

「蛤？」

「是這樣的，我從小嫌自己單眼皮，眼睛小，以前我老公也說我單眼皮很美，叫我不要去亂割，本來這麼老了，就想算了，不過，最近感覺眼皮越來越往下，都快要遮住視線，我去檢查，醫生說抬頭紋也是硬要把眼睛睜大來的……雖然我很怕痛，但是一想到妳說，人還是要改變，於是我就去改變了。下個禮拜妳看到我，說不定我會變得很漂亮喔。」

真是個樂觀可愛的人。林希柔回答：「一定的。」

「妳人真好，總是那麼正面。」李美雲說。「我本來最近心情不是很好，今天聽了妳的課，又變得很正面了。妳真的認為只要我們不要抱持著灰色的想法，我們就會越來越順利，對不對？」

「完全正確！」林希柔給她一個非常堅定的笑容。「妳……是不是瘦多了？」她仔細地端詳了李美雲。

「老師，連妳都發現了？」李美雲聽到這話像隻快樂的小鳥：「我真的非常努力在改變我自己。」

「能夠減肥成功的人，都有非常旺盛的意志力。」林希柔說：「妳真的不簡單！」

「哇，我的心情更好了。」李美雲快變成一隻蹦蹦跳跳的小白兔了。「老師，我這個禮拜還會有新的改變，新的機會，妳可不可以給我一句我聽得懂的話，來加強我對自己的信心？」

「這樣吧……」林希柔想了想：「我送妳這一句，《牧羊少年的奇幻之旅》這本書裡面說的：當妳真心許下願望，全宇宙都會聯合起來幫助妳完成！」

「太好了，我要抄起來。」她認真地把這句話用語音錄在手機的備忘錄裡。

當天晚上，她強迫黎意文：「來，妳跟我一起到陽臺來……」

「又是什麼新把戲？」

黎意文一邊吃著豆花，一邊在追韓劇。「出來啦，先暫停會死喔！」

李美雲把她拉到陽臺上，說：「來，我們雙手合十，來對宇宙許願……」

她很虔誠地強迫女兒把手合起來：「來，我已經會背了，我說一句，妳說一句：當妳真心許下願望……」

「當妳真心許下願望……」

「全宇宙都會聯合起來幫助妳完成……」

「全宇宙……喂，媽，這是，《牧羊少年的奇幻之旅》裡的名言？妳，開始讀書了？看過這本書了？」在書店工作的黎意文像發現新大陸似的。

她挺喜歡星期三的，因為李美雲去上課，不會那麼早回來。

她認為李美雲多一點理性是好的，但她也悲觀地認為，人啊是江山易改，本性難移。

「我們老師告訴我的……妳也知道這句話呀？」

「很有名呀。」黎意文不想解釋太多。

「噢，難怪我也覺得很有道理。」

「妳沒有問我在許什麼願望嗎？」李美雲看著她說。

「媽……妳為什麼到晚上都還……戴著墨鏡，妳怎麼了？」

「我昨天就弄好了，妳現在才發現？」

「弄什麼？」昨天，黎意文故意在下班後，看了一部電影才回家，回家時，李美雲已經睡了。剛剛她一直認真追劇，並沒有注意到李美雲在做什麼。

「我怕嚇到妳，我昨天去割雙眼皮，現在腫腫的啊……」李美雲說。

「妳真的……很勇於……改變……」

「老師也這麼說我！」

「我請琳達這兩個禮拜不要幫我排任何見面，醫生說大概兩個禮拜就會完全好，看不出來。所以，我請她先幫妳排，我會陪妳去，免得妳被欺負。」

「不會吧……」黎意文看著晴朗夜空裡的星星，感覺到自己非常孤單、渺小、絕望……都活到了這樣的年紀，媽呀妳到底什麼時候才要放棄。

「還有一句話要告訴妳……我們老師說，悲觀的人對於即將發生的事件，都有著毀滅性的想像常常自怨自艾，而這些想像更加深悲觀信念，常常能準確預測事件的結果是個惡循環！所以人完全不要悲觀！」

唉喲喂呀。

之六

還能談戀愛真好

還能談戀愛真好。

被鬧鐘吵醒時，林希柔正做著一個戀愛夢。

晚上，和大學男朋友，其實在記憶中已經逐漸朦朧的一個人，在小旅館裡，只有一張床，他就很自然地躺在旁邊。

應該有什麼事情要發生吧？又緊張，又期待，又覺得好像不應該……

他對她盈盈地笑著。還是二十歲時候的樣子。

她其實並沒有完全在夢裡，好像還記得其實自己已經不是個少女，已經結婚了，似乎不能待在這裡？可是她並沒有想要逃離現場……

鬧鐘響了。

其實她跟那個男朋友始終沒有再聯絡。也並不是真的很想念他。

如果當年一路走下去，嫁給他，那麼她也可能就是個所謂的竹科太太，很早就生兒育女。人生路啊，只要選擇不一樣的交流道，就會從非洲跑到北極。「對自己目前人生還算滿意的人，至少都在大部分的交流道中，走對了，並不容易。」她每次上課都會這麼跟學生說。

也不知道這是美夢，還是噩夢。如果有時光機可以回到從前，林希柔絕對不會想真的搭上，調頭回去舊時光中，把過往重活一次，因為掙扎還是煩人，青春還是太累。還能談戀愛真好，然而卻不想要繼續豁下去。好不容易，走過那麼多的十字路，步履蹣跚到了比較平靜的中年。

她覺得自己的心態比同年齡的人，甚至比她爸爸更年老。

昨晚弟弟又打電話來報告，爸爸和麗真阿姨和平分手了，由那個從來沒有印象的阿通叔協調，爸爸付了十八萬元。

林希柔更加確定，爸爸要她跟阿通叔聊聊，就是希望她來喬定分手情事，畢竟她是什麼都會扛起來的女兒。他可能還暗暗希望女兒也能付出這筆分手費，沒想到林希柔來個堅決不理，還在電話裡大大發飆，像一頭發了瘋的母獅子。

「我覺得，他這樣就不敢了。」林希陽說：「他應該沒想到要那麼貴！」

「不要錢的最貴。」

「其實他也有付錢，付的是家管的錢，他可能以為這是順便的。如果這是遮羞費或遣散費的話，那位阿姨的年紀也算可以名列金氏紀錄了。」林希陽在那頭笑了起來。

林希柔也跟著苦笑。她知道弟弟在說什麼，年紀大還拿到這種遣散費的紀錄。

「不過，事情還沒了，妳也知道，爸爸是那種選擇困難症的人，他會裝沒事和打太極，他之所以和那位阿姨分手，當然是因為有另外的人要進來……」

這就是爸爸一直說自己寂寞得快要發狂，卻又拒絕和兒子一家人住在一起的理由吧。

「糟了，不能在這裡傻想！快遲到了！」

她抓起一套香芋色套裝。

衣櫥裡，幾乎每一套衣服款式都差不多，只有顏色略微不同。這樣省事。把衣服搞得像軍隊一樣，不用花時間東搭西搭。沒有女人味，她心裡明白。誰能想到像自己這樣的女人，念大學的時候也穿過粉紅公主裝，頭上還來個巨大絲緞蝴蝶結……搞得自己像個少女蘿莉塔。服裝是符號，套裝象徵自己不再想要變成愛情市場裡的秀色可餐商品，而是職場上的專業女戰士。而曾經轟轟烈烈的愛情，在林希柔看來，可能也只是荷爾蒙在青春時光裡和腦、和身體激烈對話的結果。

當發現生理期的流量越來越少，不是那麼規則地來臨，一則以憂，一則以喜。可是……就這樣了嗎？就這樣了嗎？還是人生只有一次，我還有什麼一定要達成的事情？

這個早上林希柔在一個知名的心理診療所上班，雖然行程滿檔，她還是維持著每週看診兩次的行程。對她來說，有實際的診療個案仍然是重要的，身為一個專家，不能只是口若懸河而已。

現實人生比想像中複雜很多，並不是理論可以解決，如果真的只有理論可以解決，那麼教大家都到書店買幾本書自我覺察就可以了。

有些人的故事像個迷宮，比如即將出現的、在她筆記本中編號X09的案例。

X09的張太太總是準時出現，儘管林希柔認為她根本不用再來浪費錢。後面這句話，她沒有資格對當事人說，雖然她暗示過好幾次。

她比開診時間早五分鐘到，足以換上白袍，泡一杯康福茶，重複一下呼吸法，吸，二二，閉氣六拍，吐的時候四拍……讓自己的肺裡充滿氧氣，心理也有準備，比較不會能量耗盡。至少，可以集中心思，不會在當事人不斷訴說時，心思飛簷走壁。

有的話，實在聽不下去啊……但是一定要忍耐！那時她也會按住自己的脈搏，好像那裡有一個隱形的電子手銬，制止自己逃離現場。

開門的這位張太太……她雖然已經離婚十二年，還是堅持所有人都稱呼她張太太。張太太，快七十歲了。兒子是知名企業家。她總是穿得像要來參加工商界名媛大會似的。今天穿的是黑底鏤空玫瑰花。

寒暄了一陣子之後，一如往常，她會一把鼻涕一把眼淚地說起當時的張先生是怎麼對她的。

她坐過牢。誰也看不出來這個無辜的傷痕。因為當年她和先生一起創業時，還有一種法令叫做票據法，如果借了錢還不出來，跳了票，就要去坐牢。當年坐過牢的無辜太太，肯定不只張太太一個，聽說女子監獄人滿為患，關的大部分是家庭主婦。

因為先生開的是她的票啊。

張太太出身軍人家庭，從小品學兼優，循規蹈矩，從小就是個美人兒，在坐牢之前的人生，完美地表現出自己。原來是個中學老師，後來先生創業需要她幫忙，就離了職，也不過是處理一些會計和行政雜務，先生拿她來開票，她本來還與有榮焉，不料因為生意一時周轉不來，從美國訂的貨延誤了日期，無法兌現，跳票了。懷著為夫頂罪的心情，她坐了牢。問題出在自認偉大的坐牢，出來以後，她看見的是先生完全的不知感激。

先生的生意度過難關，在業界不斷擴大，靠的不是她的英勇犧牲，而是她坐牢時期另一個女人的趁虛而入。

那個女人，在張太太出獄後不斷逼宮。張太太死也不退，雙方提出各種告訴。那個時候也還有通姦法。她要讓那個女人坐牢！可是丈夫和那個女人同陣線，用了各種理由和她打離婚官司，甚至請親友作證，證明他不堪同居之虐待在先，有外遇其實是不得已……

那一段日子的崎嶇，可以寫十萬字以上的精彩小說，可惜張太太不是作家，也認為這是家醜不可以外揚，只希望一遍一遍說給她聽。

「他那時候有律師教他，他回來打我，我受不了就會自己提離婚了。那天我跑到那個女人住的地方去，他當著那個女人的面，打我一巴掌……叫我滾。我感覺到嘴裡面全是血，可是我忍住！我說你再打呀，再打呀，我不怕！他又打了我一巴掌，然後我的血就噴了出來，噴得他的白襯衫都是，他說他要去開會，衣服都被我弄髒了……嗚……真沒良心。那個女人也真敢，竟然來對我說：姊姊妳是何苦呢？姊姊，姊姊是她可以叫的嗎？我叫她賤貨，他又過來踢了我一腳，我整個人筆直摔到地上……」

然後她去醫院檢查，竟然掉了兩顆門牙。

現在請牙醫做得雪亮雪亮的牙，完全沒洩露當年的慘劇。

這個故事，林希柔自忖可以背得很完整。然而她卻必須裝出平靜無波的臉。她知道，張太太講完之後，就會像一個被拔掉塞子的皮球，整個人癱軟在沙發上，然後臉上的表情會變得柔軟，彷彿除去了淤泥，河流又暢通無阻。

她必須尊重張太太多年來的自我療癒方式。她不是來治療的，事實上她講的話，張太太從來沒有聽進去過。

一個人永遠解不開的問題，到底會影響多少人？顯然相當可觀。張太太的兒子張先生，也是她的客戶，後來，還有她媳婦、她女兒……張太太的大兒子很傑出，大學畢業後跟著爸爸工作，幫公司把所有的債務還清，把公司做成業界第一大的，其實是張太太的大兒子。

張太太每次都重複著第一次勇闖捉姦的這一段，且總是身臨其境地描寫，顯示這麼多年來，噩夢從來沒有過去。主要情節都如此，偶爾會增添一些不太一樣的細節。

有些人的腦袋，就像一個因故不想改變經營方式的劇院，如同安德魯．洛伊．韋伯（Andrew Lloyd Webber）的洗腦音樂劇一樣，像《貓》啊，像《歌劇魅影》啊，一再地上演。不過人家的觀眾一直在換，而林希柔必須從頭坐到尾。

她當然沒有跟張太太說。她聽到的祕密也永遠是祕密。她又不是鄉鎮調解委員會，沒有讓這一家人言歸於好、化冤解仇，她只能聽著這些被埋在當事人心中的流水帳，一遍又一遍，看著舊日記憶的冤魂在滿是蜘蛛絲的迷宮中找出口。如果對方願意抬頭對她提出一些問題，她也會誠懇提供一些她認為有用的建議，不過，只要不是當事人真正想要的答案，那些建議很快就被打入波濤洶湧的洪流裡……沒有人是永遠的被害人，也沒有人是單方面的加害人。凡是成人，沒有無辜……

林希柔一邊保持平靜思考，一邊做著筆記，一邊注視著張太太。她不可以主動發表任何意見或問題，不然都可能會激起她更強烈的情緒反應，或者……再講一遍！

「不過，他得到報應了。」張太太今天開啟了另外一個話題。

「報應？」

「我不好跟兒子女兒他們講，所以我一直想來跟妳講……我之前不是說，他後來有一些失智了，我還想要不念舊惡接他回來家裡住，但是他還是不肯……結果現在他好慘……前幾天那個女人打來說，他在醫院裡，叫我們過去接手，然後……她就消失了。」

「那個女人……？」

「喔，我應該有跟妳說過，後來他跟那個女人也分手了，因為我始終還是正宮，我才不會讓她得逞……他後來又換了好多女人，就算後來因為淋巴癌，讓我兒子接了班之後，他退休，還是有好多女人，他從來沒想過，那些女人是為了他的錢……」

張太太臉上透露出「她們沒有人比得上我偉大」的驕傲。

「現在，他在醫院裡，快變成植物人了……而他也已經一無所有！他的那些股票，還好我兒子早一步都交付信託了。不然，全部都被騙光了。」張太太說，「後來跟他在一起的那個女人，看起來鄉里鄉氣，誰知是一肚子壞水！他的管家說，是他在醫院認識的，認識不久就自動搬回去跟他住了，然後把管家辭掉了，說要照顧他，結果……就是看準他的失智症越來越嚴重，那間天母的房子不知怎的就過到她名下，所有的現金都不見了，在她把他交還給我們之前……車子也賣了……」

怎麼到處都是這種事情？這是現實生活中的「多米諾」效應衍生嗎？只要你發生一件負面的事情，你就會發現，這個世界上到處都是類似的倒楣事情……一件接著一件，就像你本來只是抓到一隻壞老鼠，卻發現還有另外一隻壞老鼠咬著牠的尾巴，就這樣一隻接著一隻，沒完沒了……

「我們問過律師，這種錢很難要回來。如果那個拿錢走的是他老婆，真的有結婚，那麼還可能拿回來，因為夫妻財產理當一人一半……如果是姘頭……」張太太故意把這個「姘」字咬得很清楚：「那就拿不回來，因為那就是算送給她的，是老頭自願的，他失智了，當然自願……妳知道那老頭故意不跟我聯絡，結果現在有多糟嗎？身上有好多個褥瘡……」

勝利者的光榮和失敗者的憂愁，都在張太太的臉上閃爍。

時間到，小鬧鐘鈴響。

林希柔必須要趕快請張太太走。因為她剛剛瞄到：下下一號客人就是張太太的媳婦。已經故意有間隔了，萬一她太早來，搞不好還是會碰到面。張太太的媳婦，深受婆媳問題困擾，為了家庭和樂，所有苦水都吞進肚子裡，只能在這裡傾倒……林希柔站起身來，示意送客。張太太其實對她很好，從大象灰的柏金包裡拿出了一個Tiffany的小盒子，說：「林醫師，」她習慣稱呼希柔醫師：「這個送妳，我和我媳婦去逛街時候買的小書夾，我看到這個，就知道它跟妳很配，很適合讀書人……」

難道老男人遇不到真愛？事情真的會這麼嚴重嗎？

不祥的烏雲籠罩心頭，只怕這件事情沒那麼善了……她想的是自己爸爸的事。

麗真阿姨離開了林志深的生命之後，林志深終於鬆了口氣。引起糾紛的那一位關鍵人物，是花花姊的表姊桃桃姊，六十多歲，也就是在圓山飯店外頭陽臺拍照的那一位。

林志深在兒子送他到飯店的一個小時後，桃桃姊就來了。

桃桃姊年前離婚，孩子大了，為了養孩子曾經做過各種兼差販售工作，到夜市叫賣，也到醫院做過清潔工。生活在小鎮，再加上沒有學經歷，實在不容易找到固定的工作。當年不過二十六歲，因為老公外遇，把女人都帶到家裡來了，她毅然離婚，把兩個孩子養大，早就各自有了家庭。不過不管生活多麼艱辛，她還是把自己保持得相當好，人家都說，她完全不像實際的年齡。

不想給孩子帶來負擔的她，獨居，一直在學瑜伽，是個瑜伽高手，這個年紀，要做起什麼鴿式、輪式、駱駝式、兩手倒立式……還是得心應手。

她和林志深是在民眾活動中心舉辦的一次歌唱比賽中認識的。有人跟她說，這是那個常上電視的專家，講話有條有理，很受女性朋友歡迎的、那個長得還算秀氣的專家叫做什麼柔的爸爸。

鄉下地方，誰都認識誰。桃桃姊其實對林志深不感興趣，她會接任管家純粹是陰錯陽差。那天她剛好在臺北，跟一起學過畫畫的朋友來看美術館展覽，剛好看到林志深PO了張照片在她們開心歌唱會群組裡頭，下面寫了：「獨倚高樓人寂寞，春花秋月與誰共？」

因為受的教育多，這位林「教授」年紀大了還是會舞文弄墨。

她私訊他：「我剛好在你附近吔。」

林教授說，歡迎她來一起吃晚飯，一起到士林夜市去玩。

她就這樣去了，其實還帶著一個朋友，只是她這個人有個習慣，只愛在臉書貼自己的照片，從來不貼合照，於是就這樣被氣急敗壞的麗真姊誤會了。

桃桃姊不怕誤會，她孤家寡人一個，被誤會有什麼關係？不過，她一向不喜歡麗真姊，她對麗真姊的真正看法是：外表看來端莊，其實內心只愛錢財。鄉下地方，每個人都知道每個人的過往，誰也瞞不了誰，這幾十年來，她看過好幾次，只要誰喪了妻，還家裡有恆產，麗真就會靠過去，百般殷勤。只是，從來沒看過她有固定關係太久。

被誤會了，她還故意不解釋。就是想氣死麗真姊。誰叫她只要來唱歌，都自以為全世界最會唱，霸住麥克風不放。

當天晚上，麗真姊打電話給她興師問罪，語氣很不好。當時她陪林教授在士林夜市晃，的確是在他旁邊，她還故意把電話拿給林教授聽，說：「有人找你！」

林教授就在路邊著急地跟麗真姊解釋起來，後來還吵起來了。由於林教授有點重聽，所以路人都側目，而桃桃姊在偷笑。

解釋到電話沒電了，林教授也就當沒這回事，還請她和朋友吃豆花。

當晚麗真在朋友 Line 群組裡罵她：狐狸精！

「我告妳誣賴我！」她也不客氣：「做賊喊捉賊！大家都知道，誰喜歡當狐狸精！」

群組靜默，人人都在看好戲。

其實，那晚留在飯店的，根本不是她，另有其人。她搭了夜車，夜深就回家。桃桃對於男人，尤其是老男人沒興趣，沒辦法，她韓劇看多了，她就是喜歡金秀賢，連裴勇俊她都覺得年紀大。雖然是無事起風波，偶爾在生活中有人嫉妒她，感覺也是挺不差。

「她以為每個人都像她一樣，巴著男人不放？」她對表妹花花說。「我沒興趣，我這輩子吃的男人虧，夠用三輩子。又不生小孩了，幹嘛結婚，我拿個石頭往自己頭上砸嗎？」

「那妳要不要去跟她解釋啊……」花花認為應該息事寧人。

「她是我祖媽喔，我幹嘛跟她解釋，何況林教授對我說，他覺得麗真的控制欲太強了，什麼都管，他受不了，他早就想分手！關我什麼事……」

其實麗真後來也發現狐狸精不是桃桃，因為有人告訴她，還有那個誰，也PO了一張比較晚的照片，也有那個紅欄杆，不同一天，但是位置很像。

麗真也有點心灰意冷，算了，這裡不能待了，她要林志深賠償她的付出。

可是林志深似乎像吃了秤砣鐵了心似的，不接她的電話，竟然還換了鎖，不讓她進家門。有一次她去找他，電鈴猛按，沒人開，二樓明明有開燈，忽然變暗了，他明明在，搞不好還有別人在！她又氣又急，在門口罵了一聲：「老混蛋！」又怕引鄰居圍觀，只好恨恨離去。

總之這一樁疑案，就以林教授付了十八萬元的分手費結束。林志深的女兒不肯幫忙協談，而林志深兒子也放狠話對他說：就算是跟我媽分手，你也不能叫我替你談！他只能找遠房表弟阿通，阿通幫他協調了價錢，他另外包給阿通一個紅包酬謝。

接著，阿通又說要為「林教授」介紹一個女人，幫忙打掃房子和煮飯等等。

「還好有你幫忙！」林志深真的深深覺得，這位人面很廣的遠房表弟，是真的能照顧他的人了。

這些細節，林希柔並不是太清楚。林希陽是後來才清楚，他以為平時節儉的林志深，會因為這件事得到教訓，會明白女人靠近他，並不是因為他帥或他才華高，就算跟他在一起，也並不因為愛情。沒想到爸爸還是百折不撓。

林希陽會詳細明白這一切，是因為林志深的手機短路了，要他幫忙送修。

林志深用手機，只會打電話、發訊息、拍照和把照片放在Line群組裡，他連臉書也不知道怎麼用，所以不明白為什麼桃桃PO個照片會有那麼大糾紛？他更不明白要人家幫送修手機，就會有大量照片曝光危險。

林希陽是個謹慎的人，在送修手機前，幫他把所有照片和對話備分。發現的驚人祕密使他深感震驚。裡頭……什麼照片都有。他都看呆了，實在香豔刺激。

而且他非常肯定，最常出現的女主角，非常年輕，不是他爸爸曾經帶來吃飯的任何人，而是跟之前那個打撞球的三十多歲有夫之婦很像。

他從那一刻發現，自己完全沒有懂過自己的爸爸。雖然，他也是男人。

林希陽忽然像打通了腦袋一樣，「開悟」了一些本來想不通的事。

林志深外表如常，甚至更加有精神，因為他可以開始新生活。

他有打電話給桃桃道歉，為麗真對她的攻擊道歉，桃桃只說她倒楣，要林志深下次請大家吃飯就好。

「你跟我道歉，是要我去跟麗真姊澄清誤會嗎？」

「沒有，沒有……」

林志深問她，是不是也可以幫他介紹一個「管家」？

這是放線試探嗎？桃桃說：「我會幫你留意看看。」

她對當人家管家沒興趣。雖然她手頭也不寬裕，兒女都在工作，但也不是什麼高薪階級，每個月給她的孝親費少得可憐，她又不像那些公務人員，不管抱怨月退俸怎麼被節節削減，到底每個月有白花花的銀子自動掉進來。她必須靠著偶爾去親戚的肉羹店打工過日子，還好房子是房價很便宜的時候刻苦買下來的，還出租了兩間套房給女學生，日子過得去，還能學瑜伽，學畫，沒事看韓劇男主角。她覺得自己雖然會單身一輩子，可是這樣的命比那些在照顧中風老伴的女人要好。她身邊有好多……

林志深是真的沒辦法跟麗真過下去。他覺得麗真比他過世的太太還愛管。這件事和他想的不一樣，他的確是一點都不想再結婚了，他以為麗真年紀也不小了，一樣。

可是麗真過三個月就變了臉，跟他說要幫他做理財規劃。他對於這一點很提防，事實上，他並沒有跟這個女人「一起老」的打算啊，她後來變成一個像高中教官一樣的存在，啥都管，離他的想像太遠。

可是，他這輩子沒有跟女人分手的經驗啊……還好有阿通來幫他擺平。

「撞球妹在這個故事裡好像沒出現，其實她一直在。」林希陽對姊姊這麼說明著案情：「有件事情被我發現了，我回頭去找撞球妹的臉書。姊，妳記得嗎？媽媽辦完葬禮的第二個月，爸爸是不是有打電話給妳，跟你說他很悶，想要去日本旅行，而且他想要招待他的朋友，當過藥劑師的曾伯伯去日本旅行。妳一起付掉了對吧！」

「對啊，」她那時候是帶著愧疚的，媽媽臥病時，因為她工作最忙，距離最遠，所以照顧得最少。爸爸想要犒賞「非常照顧過媽媽」的藥劑師曾伯伯跟著旅行團去玩，她應該要義無反顧地付款才對。

「有什麼問題嗎？爸爸那時有傳他和曾伯伯的照片給我呀，在京都紫藤花的那個……好像是平等院玩的合照……」

爸爸還說，曾伯伯要我跟妳說謝謝。

「據我推理，」林希陽說：「爸爸是帶著撞球妹去的。不是曾伯伯。」

「後來妳看過曾伯伯一兩次，他沒跟妳道過謝對吧？曾伯伯是個客氣的人，如果收了這麼大的禮，一定會一謝再謝的。」

她也沒問曾伯伯好不好玩，給人送過的禮，就不要提起，應該是江湖禮貌。

「我看到爸爸給妳的留言和照片了，因為我幫他送修手機前，幫他備份……他去玩的時候，是六月……而日本京都只有一個地方有紫藤花棚架，花期是四月底到五月初，花期很短只有兩個星期……」

這樣說，她馬上懂了。

「我還看到很多照片，我想，妳並不想看。在京都，那個撞球妹穿著溫泉旅館的浴衣，什麼狀態都有……」林希陽說：「我講到這裡就覺得我太八卦了，不過，這一切出乎我的想像。而且根據可靠紀錄，媽媽生病的時候，因為沒法管他，他就跟撞球妹常常私約……就是三十歲前就結過三次婚，有兩個幼兒，而且還是有夫之婦的那個。他知道我們一定會反對，所以特意把這個人藏起來。年紀大的麗真阿姨其實只是一個『加減用』的障眼法……」

「障眼法為什麼要花錢談分手？」沒這個道理吧，如果真的是管家，只要付遣散費，不用付分手費。

「這就是我佩服他的地方，他能接受的尺度真的寬……從三十歲到七十多歲，這是真的在解放自我嗎？姊……」

「對不起，我也無法解釋，我只研究當事人，不研究親人……」林希柔又苦笑了。她真的是在媽媽過世之後才了解爸爸不是她想像中的爸爸。媽媽超級有控制欲，什麼都管，爸爸在媽媽主宰的家庭中，只負責當經濟來源，平時什麼都不管，什麼事都有人頂著做。林希柔從小就會換燈泡，換電池，通水管，她會，爸爸就會稱讚她。

正向肯定還真有用，讓她會的事越來越多。也許爸爸也是心理學高手吧？

祖父、祖母、母親在十年內相繼過世，葬禮全都是林希柔和弟弟辦的，林希陽多出了很多力，林希柔多出了很多錢。爸爸的慣用詞是：「我只知道賺錢養你們，我什麼都不會。」

「麗真阿姨其實也不錯。她拿了筆錢離開後，就沒有再說什麼話……」林希陽說。「不過，沒事我也不會打給妳聊天，我知道妳忙，爸爸最近……一直吵著要賣房子！」

「蛤？」

又是桃花惹的禍？

「我看了一間房子，很適合老人住，比我們老家更有隱密性。」

當林志深這麼說時，林希陽馬上明白，又有事了。

這回他帶了兩個朋友——曾伯伯和宜美夫婦到林希陽的海邊咖啡廳。能夠有個看海的ＶＩＰ室招待朋友，林志深覺得自己超有面子……每個月會帶兩桌朋友去拜訪。林希陽也樂得招待，說實在的，他也希望爸爸有朋友陪。兩代之間沒有代溝不可能，兩代男人一起談心和樂融融，更難。

這次林志深有備而來，拿了建商給他的一張付款表，說他付了兩萬訂金，他要買一間三房的高樓層「智慧型住宅」。

林希陽看了價格，嚇了一大跳，他心想爸爸是不是遇到了詐騙集團。一個不知名建商，在這鄉下地方蓋了一棟大廈，一坪要三十五萬？不會吧，這一年，他很清楚，天龍國蛋白區的新房子開價不過四十多萬，中古屋才三十多，而他的故鄉就算買透天新房，一坪也不過才十二到十五萬……

這一坪三十五萬是怎麼回事？

林志深像著了魔似的，一直跟他說這房有多好，其中最有力的理由是有管理員，萬一有問題，可以按緊急鈴，會有人馬上來處理事情，他說最近看了許多老人孤獨死沒人發現的例子，感慨很深……

他本來也可能會相信的，不過，他看過林志深手機裡的那些照片，除了暗自佩服他老當益壯之外，他也不再那麼誠懇地相信林志深說的表面理由。

一定有問題！

「他們都說這房子很好！」林志深慣用的招是：你看別人都贊成！他都不說全是

自己的意見。

他的父母就這一點最有默契。都不說是自己贊成。林希陽想起當年考大學在選組別，父母都希望他念理工科，偏偏他不感興趣，他們花了很大時間，對他舉證：「你舅舅阿姨都說男生念理工科才有出路。」、「我們學校老師說念理工將來才有飯吃……」各種理由；他們也這樣對待姊姊，姊姊大學還沒畢業，媽媽就安排了相親活動，希望姊姊嫁給一個朋友的兒子，因為對方住在美國，家境不錯，而媽媽有幾個同事的女兒嫁給美國博士……林希陽那時還傻傻地建議：「妳到美國要不要住飯店比較舒服？不需要嫁女兒來換住處吧？」還被斥責小孩子不要亂講話！媽媽拿了一張算命先生寫的合八字的紙出來，告訴姊姊他們八字很合，此機會錯過不再，錯過就不會有男人喜歡妳了。林希陽和林希柔又好氣又好笑研究了那張紙老半天，最後的結論：根本就是媽媽請人寫的，完全偽造！這不是「神道設教」是什麼？後來媽媽和姊姊鬧得很僵，爸爸沒說話，就怕被颱風尾掃到。

「你們都要買同一棟房？」

林希陽問這幾個陪伴同來的說客。

「我沒有錢啦，」曾伯伯人老實：「我們家也夠住了。是你爸爸說，現在如果不買，兩萬元訂金會被沒收，要我們來跟你商量。」

「這個……老人住這樣的地方，才會有人照顧……」宜美吞吞吐吐地說。

「有人照顧？我家房子很空，他可以來跟我住啊，小孩根本都住校……只有我們夫妻……」

大家都說不出話來。

事有蹊蹺。

「我如果不買，那兩萬元怎麼辦？」為了小事跳腳，是林教授的專長。其實他這一輩子雖然賺的錢比一般老師多，卻沒有存下什麼錢。因為他不善理財，耳根子也軟，親戚朋友都有幫忙花掉些！人家說投資什麼好，他都投了。林希陽媽媽也是個感性派，為人雖然強硬，但卻不是真的精明，只要有人來對林媽媽說些好聽的話，就算只認識沒幾天的來借錢，她也一定都借了。

「我看看……你這房子四十五坪，裡頭只有二十六坪？這個公設也太多了吧……還有一坪三十五萬，真是直逼天龍國房價！我算一下……哇，等於實際一坪要六十萬，這也太貴了吧。這個價錢，可以買一棟有三百坪土地的別墅還帶裝潢！如果買市中心的電梯華廈，可以買個八十坪吧……」

「可是我已經跟朋友說要買了！」

「可是我已經付了兩萬元訂金！」

林志深一心要達到目標，說話一直在這兩句之間跳針。

「那你就買吧？你有錢付吧？」

「沒有啊。」

這……那這是什麼意思？

「我朋友說可以把老家賣掉！」

老家本來登記在林媽媽名下，林媽媽過世後，有一半給了林希陽。林希柔放棄繼承。

所以……

「你那朋友是誰？我來跟他聊聊？」林希陽說。

本來總是把難纏的事情讓別人代為幫忙的林志深，這次堅決不把溝通的權力交給林希陽。

老家過去是在一片稻田之間，林家姊弟當年也還可以到田裡抓青蛙，到圳溝中撈吳郭魚。隨著市區的發展和道路的開發，還有一所升學率相當不錯的中學在那附近建立，這幾十年來變成了明星地段。林志深現在住的老家，房子小庭院大，也還有八、九十坪地坪，近來有不少建商來問有沒有出售的意願。

最多可以賣個二千五百萬左右。

「我還是不懂，你可以搬來跟我們住啊？還是說，你想住高樓大廈？」不，不，這不是林志深的習慣，他是中了邪是嗎？

林志深答不出來，只是一直堅持著：「我就是想要換新房子。」

林希陽不笨，他後來又慢慢追索出真正原因了。老家是傳統的連排透天厝，左鄰右舍，其實是牆貼著牆，而對面巷子也不超過四米寬，就算你不想多事，其實對面家裡來了什麼人，吵了什麼架，夫妻感情好不好，他們都不得不清楚；只要稍加詢問，總可以找出蛛絲馬跡。

林希陽開始扮演福爾摩斯。先打電話給當仲介的同學，請他問問那棟「智慧宅」

的販售底價是多少？發現三十五萬是開價，而真正售出的價格是二十五萬不到……他又回老家跟鄰居致意，對面那位從小看他長大的太太，收了一盒鳳梨酥之後，沒等他開口，就把事情說得很清楚，他又到房屋仲介處去問，有位林志深先生，到底是誰的顧客？

也是還沒開口，他就知道得很清楚……

一個曾經在照片中看到的影子……原來，在這裡。

沒有費太大力氣，一天之內，水落石出……

撞球妹，原來在房屋仲介公司兼差。

弟弟打電話來之前，林希柔正在婦產科醫院裡。

「妳真是的，拖了這麼久，現在才想要來找我……」坐在她對面的，是常常一起上醫療類節目的朱薇薇醫師。

現在，太遲了嗎？說得好像是癌症已經被拖延到第三期一樣。

「我就想，順其自然，不過我想，就算了……」

「這個年紀，不積極是不行的，沒有所謂自然……妳看，昨天的卵巢檢查報告出來了……我跟妳解釋一下，AMH的平均值，年輕女性在 2~4μg/l，四十歲以上的女人，常不到 1μg/l 了！妳也已經過四十好幾了！我剛做這行的時候，看到四十歲以上女性走進來，告訴我她的生理期還有，很正常，應該沒有問題……我常常都無言以對，因為那個時候，四十二歲以上想要成功生下小孩，機率只有二%！比要考上醫學系還難……」

林希柔其實不太笑得出來。

「我們認識這麼久了……妳也結婚這麼久了，怎麼不早一點來找我？」朱薇薇是美女醫師，也是年輕的生殖權威。說著悲哀的言語，還是那麼溫柔。

「年輕人也有只有1、甚至不到1的，有些人年紀雖然不到三十歲，卵巢的庫存量其實已經非常危險。妳還有1.8，這個年紀，還算是幸運……不過，女人過了四十歲，這個數值也很可能在兩個月內急遽下降。真的不能拖了……我建議妳，直接試最後那一招，不要像很多人，先從簡單的做起，因為妳沒有時間了……」

「我……想一想。」林希柔的確還沒有想清楚。她說出真心話時，覺得很不好意思，好像是一個抵賴功課的小學生。「雖然……我知道，如果我要的話，沒時間想了……不過，這也是要借『東風』的呀……」她苦笑道：「我回家商量，給我幾天時間好嗎？」

她本來想請朱薇薇推薦一下，是不是要去哪個中醫那邊調養身體，不過問這個問題的前提是，她真的要做試管……如果不是的話，問了也是白問。這得和呂彥明商量吧，而他和她並不在同一個空間。

如果是三年前，應該還沒那麼糟糕吧。可是這個疫情，一來就是兩年，然後再經過忙碌的各種工作邀約的拖延，就變成現在這樣。

她看了看診療室外的藍天白雲，嘆了口氣。想到等一下離開診療室之後，按照行程表，還要見好些人，做好多事。「我是不是都用不重要的忙碌，來拖延人生最想做的事情？」

也許她也應該去看一下自己的心理醫師。每個心理諮詢師也都有自己的醫師。

朱薇薇看出她平靜外表下的重重憂慮。這是早晨的第一堂門診，是她專門為林希柔先看診的，不然等一下就人滿為患了。她對林希柔說：「喂，妳要樂觀一點，像妳平常教我們的一樣，我也碰過AMH比妳低的，年紀還比妳……大一點的，也成功了喔。」

「嗯……」

這一天，接到林希陽的「案情調查報告」時，林希柔沒有太多情緒。她心裡想的是，如果你決定如此，那也是求仁得仁。其實有些事情她很早就知道，只是一直沒說。在媽媽生病的時候，爸媽認為臺北「天龍國」福利比較好，把戶口放在她其中一間房子裡。有一天她收到了法院的傳票，請爸爸當某個詐欺案的被害人及證人出席。

到底是什麼案子？她悄悄地把那張傳票給爸爸，怕給病中的媽媽看見……爸爸神色異常，悄悄接了過去。

以他的習慣來說，上法庭應屬大事，他一定是會找老伴或兒女幫忙解決，不過這個事件，他似乎不想麻煩任何人，也沒有甩給任何人。

什麼事件？被騙錢事小，也有關尊嚴，所以不該問的，林希柔並沒有追索。她不想在媽媽病中，鬧得雞飛狗跳……會不會就是個仙人跳案？

「能夠談戀愛真好……」

還有那種心情，真好。她覺得自己的心理年齡，遠大於父親和他的朋友們。如果自己七十歲還能拿到男人給的分手費，是不是應該驕傲？她忍不住自顧自地笑了起來。

之七

永不沮喪的鬥士們

糟了，真的排到了。

黎意文看了看手機。救命啊怎麼會？我開的條件還會有百分之八十的符合度？可是琳達姊傳來了訊息，這個星期六，請來我們「邱比特會館」……那個充滿粉紅假玫瑰，是比殯儀館讓她更感覺不愉快的地方。

這時候她正上氣不接下氣地跟在李美雲後面跑步。

李美雲超厲害，連跑步的時候都可以說話說得很快，如果她想要休息，還會被罵一句：「奧少年！真沒用……」

她那粉紅色的身影……噢，不是，今天是粉綠色的，只要身形稍顯苗條，李美雲就會馬上買另一套跑步衣，越穿越可愛，現在這一件粉綠的，上面還有米老鼠和牠的情人呢。

前頭這位永不沮喪的領跑者，現在雖然還沒有太玲瓏有致的腰身出現，不過也不再像一座山一樣遮住了前路。

至於她自己，是有瘦了一些，而且大概是在跑步的第十天之後，開始沒有覺得那麼痛苦。不，或許不該稱自己是在跑步，她大概跑個二十步就要停十步。

「我以前念小學的時候，大隊接力都跑第一棒，或最後一棒，厲害吧！妳看我年紀比妳大這麼多，可是還是比妳快多了，奧少年！」

當黎意文停下來稍作休息時，李美雲很快就會發現，折回她身邊催促！「妳跑這麼慢，我真的好想放棄妳，我一個人跑，一下子就跑完了，等妳還多跑了很多路！」

「妳放棄我好了……」

「不行！」

她的決心真的好堅強。看著李美雲的背影，黎意文的腦海裡不自主地一直浮現「天下無難事，只怕有心人」這句從小學就不斷在作文簿上寫的話。如果媽媽真的……真的嫁出去了……那她的人生會變成什麼樣呢？肯定會有快樂。黎意文想，她可以過著像黎憶恩那樣的生活，只要顧自己就可以了，真是一片浪漫的雲，到底在哪裡，都不讓家人知道。

但可能也會不習慣……回家面對空蕩蕩的房子，開始懷念那些吵雜的日子。

那麼養隻貓吧？對動物從來沒有愛心，看動物都像在看食物的李美雲，從來反對家裡有除了人之外的生物存在。家裡出沒的生物只有蟑螂、螞蟻。

如果李美雲不在，她可以養隻貓。就這樣到老，沒什麼不好。
不，等等……萬一李美雲把那個男人帶回家裡來住呢？
這些會用婚姻介紹所來找伴侶的，肯定不是富翁。只是不容易看見愛情的中年人。如果他們是大富豪的話，就算六十歲了，大可以找個二十多歲的漂亮老婆，再生他幾個小孩，誰會請琳達姊找對象……？
糟了，李美雲又跑過來了。
「好消息，好消息！」揮汗如雨的李美雲一臉開心地說：「我收到了琳達姊的訊息……」
「妳又接到了相親通知？」
「我……還沒啊，是妳的！」
本來想要假裝沒看見，不料琳達姊超級好心，連她媽也通知了。
「我告訴妳，我可沒有要陪妳去喔！」李美雲馬上這麼說。
「不會吧？妳應該很想去吧？」黎意文想：不對，這和平常的她不一樣。
李美雲習慣把自己的存在感擴張到完全不合理的地步，往往用她的自信爆棚來破壞別人的生活而不自知。講明白一點吧，黎意文大學畢業時，她們曾經因為她要求職，李美雲認為「一定要帶媽媽」而大吵了一架。

黎意文當時是社會新鮮菜鳥，但也被告誡過，面試的時候要表現出獨立特質，帶媽媽應徵是怎麼一回事？她當天要出門時，李美雲穿得像要喝喜酒，並且表明社會上壞人很多，媽媽想了一夜決定要陪她去才安全。

黎意文差點當場氣暈。

「不行！」

「讓我跟妳去，長官會覺得妳重視家庭觀念！」

「妳真的當我是要去喝喜酒嗎？」她說：「沒有人會帶著媽媽去求職，又不是去找托兒所！」

「我準備好了，就是要出門！」李美雲以為硬拗會有效。爭論了一陣子，黎意文把房門一鎖，「我不去了，要去妳自己去吧！」

她當年應徵的是一個很厲害的廣告公司文案，本來已經過了書審那一關，因為這個僵持，遲到，泡湯！此後她應徵工作從來不給李美雲知道。

現在她主動說她不願意陪著她去？怎麼可能？

這樣公平嗎？上次那個 George 是她陪李美雲去的……

「妳這麼大了，如果我還陪妳去，人家會覺得妳是個媽寶，妳的年紀已經不夠資格當媽寶了。」

黎意文不想爭辯。她不去，正好，那麼她更沒有顧慮，沒有監督想怎麼發揮就怎麼發揮。

很快地那一天就要來臨了。

李美雲雖然說不會陪著去，但她沒少出意見，甚至還出錢幫黎意文買衣服。黎意文推說自己很忙，她就自個兒去買回來，一件有蓬蓬袖的公主裝，強逼著黎意文換上，還直呼：「好可愛好可愛！」

李美雲的審美觀，一向特立獨行。

當天黎意文被李美雲要求穿了像 Cosplay 的公主裝出了門，到了婚友社，先到洗手間，換回自己尋常的衣服。一個男人準時走進來。

真的有達到她要求的「百分之八十」嗎？

黎意文對於出現在自己眼前的景象感覺不可置信。眼前的男人大概只有二十五歲，一百八十公分左右，一張韓劇花美男的臉，皮膚粉白，五官清秀。

哇，這是中了特獎了嗎？該不會……還拿出她所要求的臺清交畢業證書什麼的？

這一位如果跟她一樣是花錢來婚友社的，那麼，他一定是忘了填寫「心目中的十大重要條件」的資料了，所以才會安排到跟自己碰面？

不過，她可是個懷疑主義者。乾脆開門見山地說：「請問……你這個條件來這邊相親，應該是來拉保險的吧？要不然，就是來這裡當魚餌？」

那個花美男聽到她說得這麼直接，嚇了一大跳，汗水從額頭上涔涔落下。

看起來也不是很習慣來，第一次，很生嫩。

黎意文把人家嚇成這樣，自己覺得不好意思。

「沒關係，我們就聊聊天。我跟你說，我媽逼我來的，其實，我喜歡的不是男人。我們就在這裡乖乖坐著聊聊，你就沒有壓力了吧……」

「是……是……」叫做 Gimmy 江的花美男說：「那……那……妳不會是警察還是消基會……還是記者……吧……我……我是我阿姨……叫我來的……我不是……不

是詐騙……真的……」

「我真的不是。我在書店工作。我不是來調查你們婚友社的。你阿姨？」

「就是……外面……那……那個……」原來就是琳達姊。不然，這世界上哪裡還有阿姨在擔心帥外甥沒女友的……

一個有口吃的小帥哥真可愛。

「她……她說……因為……有個胖胖……的女生……開……開……好高的……條件……一……一定……沒有人……合乎……這個條……條件……她……怕……怕……怕……什麼……人……都沒找到……傷……傷……她……自……尊……心……心……」

「你阿姨好善良……請……請……你不……不……要怕……到……說話……都……都發抖……好嗎？」黎意文故意學他說話。

花美男笑了，咳了一聲說：「我……我……真……真不是故意……我……緊張……就會……會這樣……」

這樣逼他在此聊天一個小時，恐怕有困難。怕他說話說到斷氣。

「這樣吧，我們假裝互相留下 Line，喏……攝影機在那邊，」黎意文非常小聲地說：「這樣，我完成我的任務，我想回去書店加班，而你也可以賺到你的打工費，對吧？」

「沒……沒……沒事，我……可以……真……真……的加妳 Line！」花美男說：「妳……妳……妳放心，我……我很好交……交朋……朋友的。謝謝妳……直接……告訴我……我……我也……也要告訴……妳，我……喜……喜歡的……不是女……女……人。不……不過……」

「不過不要跟你阿姨講，因為你阿姨會跟你媽講……時候未到，你還沒準備好出櫃……對吧？」

他們換了 Line，在黎意文的編劇下，有說有笑地走出了大門。黎意文看到呆立門口張大眼睛看著他們的琳達，對琳達說：「我……我……我……們……去喝杯……咖……啡……」

花美男爆笑：「妳真是太有趣了。」

「奇怪，你不口吃了？」

「我看到……女生……會口吃，不過……剛剛好像……好像好了……」

嗯，還又恢復了一點。

大功告成。到了隔壁的星巴克咖啡店，黎意文點了兩杯咖啡，說：「嘿，一杯姊請你，你可以走了沒問題，我在這裡……沉澱一下。」反正，也不能太快回去，否則圓不了謊。

花美男走後，還傳來一個訊息。「很高興認識一個好姊姊。」

呵，嘴巴甜。

黎意文坐在咖啡廳裡，拿手機看電子書。忽然間一個熟悉的身影從窗外晃了過去，這……不是李美雲嗎？她穿著一身類似三宅一生，但肯定是菜市場買的皺摺衣，從她眼前晃過去。那件衣服總共有三個顏色，白綠紅，三分天下，讓她想起義大利國旗。

她不是不來陪？那她來做什麼？來監督自己？

黎意文一股怒氣衝上腦門。

雖然我的確不值得相信，但也不容妳這麼懷疑我！妳故意說不陪我，然後又來檢查我？

她抑止了自己想要衝出去的衝動。

不，不，她打扮得太認真了。

沒關係。黎意文喝了口咖啡，又到櫃檯叫了太妃糖酥餅和一個牛肉可頌，管他的，猛吃一頓再說！

她還看了一部電影，十點才混回家，怪了，李美雲還沒有回來。也沒有傳任何訊息給她。

怪了……難道她到邱比特會館……也是去約會？不是來找我？

忽然覺得心臟怦怦跳……她會不會被騙了，會不會被……還是發生命案？

「不會吧，」她跟那個胡思亂想的另一個自己開始對話：「殺了她，沒什麼好處；騙色，她沒有損失；騙錢，她也沒有……」

李美雲在這幾個小時內，不但沒有回家，還沒有關心她……一個平時那麼愛管事的人忽然不管事，一定是自己遇到了重要的事……

她忍不住打電話給琳達姊：「我今天看到我媽也往妳那裡走，請問……她還在那兒嗎？」

「喔？她還沒回去？她跟一個叫……叫……艾瑞克．吳的客人見面，大概下午三點多就離開了，兩個人有說有笑的。」

「原來我媽今天也跟人家見面？她沒告訴我。」黎意文這才明白李美雲事先告訴她，她無法奉陪的真正原因。

「啊，意文小姐，我有話要跟妳講……其實，妳媽真的不小了，都大人了……妳也不要看得她那麼緊，讓她自己做決定，尋找她的幸福吧。她這輩子為了家付出很多，她也需要自己的空間的。」

「琳達姊，妳是不是……誤會了什麼？」

「真的，父母沒辦法陪妳一輩子的……」琳達想接著說下去。

「琳達姊，請問我媽到底對妳說什麼？」意文說：「我沒給她空間，這話怪怪的，現實世界好像是反過來的。」

「妳媽沒說什麼，說的都是妳的好處！」

鬼扯！別跟我來這些表面文章！黎意文在心中怒吼。但說出嘴的是：「琳達姊，我媽說我不讓她有空間，是她硬要我陪她去的吔……」

「沒，沒……妳媽說……說……說……說她想要給妳更大空間。如果她找到了好對象，妳才放心讓自己去尋找幸福，要不然，妳會在家裡守著她照顧她，她擔心的是……擔誤了妳的青春……」

「鬼扯！」她終於說出了這兩個字：「我媽在鬼扯！不過，請問妳知道我媽在哪裡嗎？她到現在還沒回家！平常這個時候，她早就睡了。」

「妳打電話給她沒人接？」琳達問。

「我……」黎意文其實沒打電話給李美雲。

「妳要擔心就打給她，不過……像妳媽這樣的成年人，有時候遇到聊得來的對象，乾柴遇到烈火……不是，我是說酒逢知己千杯少……也是有的，妳先不要擔心，畢竟我們生活在一個非常安全的城市，妳說對吧？」

黎意文還是沒打電話，一顆心懸掛在竹林裡晃動似的，直到十一點半，鑰匙咔啦開門聲響了，李美雲回家了。

她嘴裡還哼著歌。神情非常愉悅。臉上微紅，看來剛剛喝了酒。

「妳喝酒了？」黎意文像盯著奇妙世界的生物那樣看著她。

「喲，妳幹嘛說話口氣那麼兇！」

「有嗎？說，妳到底去哪裡？」

「我跟妳一樣去約會呀……琳達告訴我，妳跟一個叫 Gimmy 的超帥的男生手牽手出去喝咖啡……」李美雲說，說話眼角帶笑，還有幾分醉意。太誇張了……

「妳回答我的問題！不要岔開話題，妳跟那個艾瑞克．吳去哪裡？」

「嘿，我偏偏不告訴妳！沒有人這樣管她媽的啦，我要……我要尋找我的快樂，妳要有心理準備喔，我可不能夠一輩子在家裡幫妳洗衣煮飯當老媽子……我們老師說，不管什麼年齡，我們都有權利追求自己想要的生活！」

「妳說的都對，但是我怕妳根本不了解這個世界，遇到詐騙集團怎麼辦？」

「妳真的是好悲觀。我跟妳說，我今天遇到的那個不錯喔。他跟我聊了二十分鐘，就跟我說，這小房間裡有監視器，又不透風，坐在這裡尷尬，他第一次來，不太習慣，問我可不可以到公園走走……？」

「在公園走到十點半？在公園喝酒？」

「妳為什麼要管我這麼多？我偏不告訴妳，我的人生是我自己的……」

就這樣，李美雲白了她一眼，回到自己房間去了。

好不習慣。黎意文想，平時都是我嫌她管太多……她今天怪怪的，心情好成這樣，又叛逆成這樣，完全反常。難道，她真的遇到一個對的人，在相遇的第一天就乾柴遇到烈火，開始談起戀愛來……

太無知、太可怕了……

之前很愛管的李美雲，好像附身在現在的黎意文身上似的。

她坐在客廳裡，無意識地打開電視，晚間電視新聞的女主播用著非常高亢的聲音播著社會新聞，第二個新聞，偏偏就是這個：「婚友社又出包了。有一位三十五歲的李姓女子，與郭姓醫師交往短短約一個月，就剝了郭姓醫師好幾層皮……先是表示車子壞了，要求郭姓醫師代為付款買了一輛九十萬元的中古車；又說房貸尚有餘額未繳，說服郭姓醫師半推半就到銀行領一百萬元，又利用幽會時間，拿郭姓醫師的銀行聯名卡，變更綁定自己的手機門號，設定 Apple Pay，到處刷卡購物、預借現金，甚至還刷卡繳交兒子就讀私校的學費……」

這時候偏偏看到這種新聞……

是一個警告嗎？

黎意文實在不放心，當晚翻來覆去，睡不著覺。

第二天，她一醒來發現，八點半了，糟了，要遲到了！奇怪，李美雲怎麼沒有像之前一樣，五點半叫她起床跑步？

李美雲正在晾衣服。一邊聽著她少女時期的校園民歌。臉上帶著甜滋滋的笑。

「妳為什麼不叫我？」

「妳自己的事情，要自己負責喔，」李美雲說：「妳不是長大了，妳是變老了，妳一定要學會獨立，要習慣沒有媽媽陪的日子。」

說完，哼著〈微風往事〉，自顧自地耽溺在自己的小世界裡。

雖然是星期六，黎意文五點二十分起床，立刻準備好運動裝扮，在客廳裡等李美雲。

「哇賽，嚇死我了！」李美雲一出房門就被沙發上靜坐等候的女兒嚇了一跳。

「妳這麼早就坐在這裡幹嘛？」

「我等妳出來運動啊。」

「太陽是要打西邊出來是不是？」李美雲的確覺得不可思議。

這是頭一次黎意文主動迎接跑步的挑戰。

「妳怎麼了？」

「我沒怎麼。我喜歡跑步！」黎意文說了違心之論，她要說的其實是：別想不讓我參與，我想知道妳在搞什麼鬼！

這天她奮力追上李美雲。雖然沒跑幾公里，全身像洗過三溫暖一樣的潮溼。

假裝回房間洗澡。

李美雲在客廳看電視，不一會兒就檢查電話留言。

靠近中午，李美雲接到她在等候的電話了。

「想我嗎？」李美雲用一種甜得像蜂蜜的語調講電話。

「好啊……」

「四點，叫什麼？好，我記得，沒問題。」

她對著手機綻放笑容如春花盛開，明明不是在視訊，對著手機笑是有沒有病？就說妳有問題。黎意文想。她故意把門打開一條小縫，觀察著李美雲的動靜。把她的一言一行收在眼裡。

然後，李美雲就回房間打扮去了。

「她真的交到男朋友了嗎？」

那也太快了，只是第二次相親……真是飢不擇食，這麼早就認定人家……她遇到一個條件優良的對象了嗎？

黎意文也迅速換了一身出門的裝扮。就是普通得不能再普通的衣服。她知道自己這個噸位，就算是換了忍者服也是顯著的視線目標，肯定不能隱身在電線桿後頭的。

李美雲換了一身粉紅套裝。對著客廳的穿衣鏡照了又照。很像發福了二倍的粉紅豹。其實李美雲除了少女時代之外，就沒有苗條過，黎意文甚至曾經在小學作文裡寫下「我媽很像一個黑糖饅頭」這樣的話。

李美雲實在是個負責任的母親，出去之前還把米下鍋，把冰箱的咖哩牛肉拿出來解凍，對著黎意文的房門大喊：「我出去了，電鍋裡有飯喔，淋上咖哩，放微波爐兩分鐘就可以吃了！」

接著就出門去了。連她關門的聲音……黎意文都聽得出來，她心情頂好。

她聽到李美雲關上樓下的鐵門，才敢開門出去。她決定要跟隨李美雲，看她在跟誰約會。

她偷偷跟著李美雲走了一段路，上了捷運，在一個小站下車，然後……上了某一輛 TOYOTA 豬肝色小車，然後……就失去了影蹤……

黎意文只夠時間記下車牌。

這一定是在跟男人約會。

她又打電話給琳達：「我可以請問我媽在跟誰約會嗎？上次她的相親對象到底是誰？」

琳達回答：「我不能告訴妳，因為妳不是本人，這樣會違反我們公司對會員隱私權的保護喔。」

這個星期，是李美雲管女兒管得最少的一個星期，她自顧不暇。

不習慣的反而是黎意文。

偶爾碰面，她會跟黎意文說很奇怪的話：「妳這麼大了，也應該學會自己生活了，像妳妹妹那樣，把自己顧好，也是很好的。」

咦？平時不是都在罵妹妹無情無義，消失得像蒸氣，恨不得把她塞回肚子裡去嗎？

「人生很短，我覺得人應該過值得過的生活……」

這是從哪個勵志語錄抄下來的呀？

李美雲過了神祕又幸福洋溢的一個星期。然而沒過多久，她的心情從天堂掉到了地獄。

「怎麼辦？我的電話是不是壞了……妳幫我看看好嗎？」這一天，她用喪家之犬的神情求助於意文。

她要打電話給一個叫做艾瑞克．吳的人，那頭……根本無人接聽。

「妳先用 Line 打給我試試……」

「沒問題呀……妳的電話沒問題，據我推測，妳的問題可能在於……妳……被……封鎖了？」

「啊？怎麼可能？」

「怎麼不可能，妳遇到詐騙集團了吧？妳借他多少錢？」

「我……沒……多……少……」

「沒多少……是多少？」

「妳幹嘛那麼兇啊？我有欠妳債嗎？」

「多少？」

「沒有！」

「我不相信！」黎意文咆哮著。

「我說沒有就沒有！」

母女倆的對話根本就是鬼打牆。李美雲不想說實話，因為真的沒有多少錢。實話難以啟齒。實話是……當他們本週第二次一起進入汽車旅館時，男人找口袋找半天說沒錢，箭在弦上，她當然付了，可是真的沒多少錢，就是一千多元嘛，加上在裡頭點餐的錢，也不過兩千多元……

這幹嘛說呢？人家他真的不是詐騙集團！

李美雲矢志不對女兒說真話。真話其實是這樣子的：

「他說我是千年一遇的女人啊。他說在我的溫柔臂膀裡找到了屬於女人和家的溫暖。他第二次帶我出去的時候，還帶我去看一間豪宅，說以後他可能考慮買這裡，希望我給他出一些意見。那間豪宅要上億呢！那天他搭著一輛賓士車來接我，說那是他公司的車。我們看了那個豪宅，有一百坪和兩百坪，他說孩子都大了，他一個人一百坪就夠了，可是我真心喜歡那個兩百坪的……接待人員說，那是一個澳洲的知名設計師設計的，全部都是一片白，沙發白得像豆腐乾，洗手槽和馬桶也都長得像豆腐乾，方型的，看起來好酷，雖然一定不好用，可是我不介意，那個才叫品味嘛是不是……

然後我們一起進了附近最豪華的汽車旅館，最貴的那個房間。有一個小庭院，還有戶外浴池，雖然他說皮包放在車上，司機有公務在身走了，所以我付了錢，可是……也就那麼點錢，一個要買豪宅的人不會沒有錢啊……」

這怎麼說清楚呢？詐騙集團根本不會只騙一點錢……

那天真的很愉快啊。他還比我小五歲，身體練得挺好的。

「媽，妳醒醒！」

「噢……沒事，妳做妳的事，別理我！人家工作很忙，只是沒接到罷了。他上次告訴過我，他要回紐西蘭，可能在飛機上……」

李美雲說著各式各樣她希望自己能夠相信的理由。

不可能！我們相處得很愉快的……

事實上，從這天起，這個叫做艾瑞克·吳的男人，就在她生命裡消失了。她的確沒有損失什麼值得計較的，但是她損失了一個天堂般的希望。

她找琳達要艾瑞克·吳的資料。琳達說她有的跟李美雲有的，差不多一樣多。她只能透露：「他加入我們會員一年多了，他說他住在國外，每一次回國，都會來我們這裡報到，他是好客人，並不挑對象……」

「我可以找到他嗎？」

「美雲小姐，我們的會員規章有一條說，介紹認識之後，雙方的交往行為，要自己負責，妳知道我們這一行，根本不可能又介紹又包生兒子的，大家都是成年人了，我們實在不能夠阻止大家後來的行為……也沒有辦法做協尋專線服務，如果誰不願意跟誰聯絡，自己有自己的自由，並不是一次會面就要定終身的。」

琳達這樣強調。「如果他沒有任何違法行為的話，我們是不能怎樣……」

李美雲沮喪了一個星期。那個星期她被各種負面想法盤繞，比如：他對我哪裡不滿意？他是不是覺得我太胖？我不夠漂亮？不夠年輕？還是我沒有吸引力？還是我功夫不好？他對我兩次就厭倦了？他很風趣，我很健談，我們也很聊得來呀，怎麼會這樣？

不過，學習是有用的，她在社區大學上的課，再一次風風火火鼓舞了她。

「很多人因為一兩次戀愛失敗，就說天下沒有好男人，或者是天下沒有好女人，這種以偏概全，阻止自己再次獲得幸福的可能，其實是錯誤的。天底下的人何其多，我們不應該因為一兩次實驗失敗，就放棄了全部。」林希柔老師是這麼說的：「讓我們大家想一想，你會因為吃了一兩頓飯難吃，就推斷所有的餐廳都難吃，進而放棄吃飯的權利嗎？」

她總是可以找到最通俗的、最適合聽眾理解的比喻。

「怎麼可能？」臺下的學生們掀起了討論潮。「當然要一直給他吃下去，吃到好吃的為止！」、「對，對，然後就變成那家餐廳的主顧客啊。把它當長期飯票！」一個超活潑的阿姨說。「那樣太草莓了，我們不會這樣，我們會向前衝衝衝，不會躺平！」被大家稱為是里長伯的那位，還做出麵包超人的動作，逗得大家好開心。

李美雲覺得林老師講得太對了。

她又講到了激情之愛和幸福之愛。「不是所有的激情之愛都會轉為幸福之愛，激情之愛建立在荷爾蒙上，它會使你美化你所遇見的對象，甚至為他種種不好的行為做合理的解釋。它的狂熱大概會在六個月內逐漸消失，然後你的理性慢慢回來，如果你發現他仍然是值得愛的，那麼就是幸福之愛了。」

「我們東方人特別不能夠接受，愛情是一種實驗。我們必須要遇到很多個不對的人，才能找到對的那個人……可是我們都希望第一次碰到就要對，而且對一輩子，所以很多人明明不合適，卻一定要在一起，一直錯，希望錯到對……」

到了實際案例分享的時間，七十歲的寶珍嬸，本來很安靜的，忽然舉手分享了自己的案例：「我老公啊，是相親的啦，婚前我只看過他一次，訂婚後看過一場電影，我還記得是《藍與黑》，就嫁給他了。他吃喝嫖賭都會，就是不會賺錢，孩子都是我在市場賣菜養大的。後來他跟偶爾來市場賣豆花的一個女的在一起，跑了，就沒有回來，幾年前被人家送回家門口，原來他中風了，跟他在一起的女人不願意照顧他，把他丟了回來……」寶珍嬸想到了傷心往事，眼睛都紅了，大家紛紛給她面紙：「沒關係啦，看在他是孩子的爸，我又不能讓他睡外面給狗咬，如果不是我堅持讓他回來，孩子都不願意……」

這樣的故事怎麼這麼多呀。林希柔想。

「我不會哭！」寶珍嬸說：「我照顧了他一年，他一年就走了……我後來覺得不太甘願，因為他連一句對不起都沒說！」雖然說不會哭，寶珍嬸還是嗚咽了幾聲，努力地吸著鼻子想要控制自己的情緒。

有人過去輕輕拍拍寶珍嬸的背，安撫她。

「妳很偉大喔，寶珍嬸……」

「我不要偉大啦，老師說得對啦，錯的不會變成對的！」寶珍嬸說。

同樣一句話，每個人都用自己的經驗，有不一樣的詮釋。

林希柔發現臺下大部分女士，雖然沒說話，但是有不少人紅了眼眶。每一個過了中年以後的女人，誰沒有故事呢？每個人經歷的人生，都是屬於她自己的求生過程。傳統女性框架多，世界都要她們忍……也就是接受降臨在自己生活裡的所有事情，常把自己的生活都忍成了一條彎彎曲曲看不到光的暗道，到了最後還要接受自己忍耐的苦果。因為沒有報償，沒有讚許，也沒有人來說抱歉，所以只能期待這個社會還她們一句「偉大」來肯定她們的犧牲。

這位「不要偉大」的寶珍嬸真的可愛。她要的不是別人稱讚的偉大，不像有些犧牲了一生的女人，什麼都沒有得到，只希望不斷用苦情的故事換來別人說的兩個字：偉大，才能在沒有被珍惜的一生看到僅存的光輝。

「我很欣賞妳的發言，寶珍嬸，」林希柔對她說：「那妳有沒有想過，妳要的是什麼？」

「我……我很知足啦，我的孩子都有工作，也很孝順，不用我擔心。」

「那很棒，不過，我問的是妳自己要什麼？」

「我……我都七十三歲了，能夠來上課都很……很幸福啦，我還可以要什麼？」

「要一個男朋友！」活潑的里長接了腔，剛剛眼睛紅的都笑了。

「去死啦，什麼男朋友，那我一定會遇到老不修！敢會堪得？」寶珍嬸國臺語夾雜。原來還那麼幽默。

等大家笑完，林希柔說：「不管小孩跟妳有多親，小孩也是別人，妳要想一想妳自己要什麼，比如說，臺灣人在上天堂之前，平均都躺了七年以上，這樣的狀況，妳要不要呢？」

「不要！」學生們紛紛說。

「所以，別人都這樣，我們是不是也要這樣？」林希柔問。

「當然不是……別人吃屎我們就要吃屎嗎？」坐在牆角的老先生回答。大家又笑了。

氣氛真是融洽，比她在大學裡教課，或者在心理諮詢室裡做諮詢，有趣多了。雖然每次來上這堂課時，她都已經體力耗盡，但他們的笑聲對她而言實在太療癒了。林希柔也注意到，自己在上完課後，當晚睡得特別好。

下課。那一位之前因為割雙眼皮戴著墨鏡的太太，又到臺前來跟她說話。她也是一個充滿療癒感的人物，每次都會來感謝她。

「老師，我覺得今天實在太有收穫了。本來我心情很不好，覺得自己很糟糕，所以人家都不要我……」

「不要妳？」

「不瞞妳說，我去相親，來往一陣子後，被封鎖了……嗯，把它講出來，心裡舒服多了。」李美雲說：「不過，我現在覺得，可能不是我不好，是對方不太好，本來就是個錯的對象……跟這樣的人在一起，我以後是不會幸福的。好不容易人生過了一大半，都挺過來了，現在我不應該太難過對不對？」

「可以……難過沒問題，不過要從難過裡自己走出來。我們在路上碰到一個人對我們不好，不代表每個人都會對我們不好。」

「對，我要面對它，接受它，處理它，放下它……」李美雲搬出了聖嚴法師語錄。

林希柔對著李美雲俏皮地比了個讚。

黃秋惠不知在什麼時候，已經在門口等她。

「課講得很好喔，同學。」她說。真是個溫暖的班長。「來吧，聽說妳今天是搭計程車來的？我載妳回家。這段時間，我們可以聊聊天。」

學生好像都是千里眼順風耳，都知道老師的一動一靜。何況黃秋惠的老公還在這一班兼任班長。

「爸爸現在如何？還堅持買那個比人家貴的房子嗎？」

「堅持了好一陣子，我們跟他說，他買貴了，他還不相信。我好驚訝，我爸爸竟然不知道買房子可以討價還價。」

「哇？真的？太慷慨了。」

「那個幫他開單，賣他原價的，就是疑似跟他在一起的年輕女人，我上次有給妳看那張穿著蕾絲吊帶襪打撞球的那一個。難怪他完全沒有討價還價……那個紅單好像也不是建設公司正式開出來的，恐怕那個女人正在為自己賺了好多錢在高興。」

「果然是個圈套……」

「我猜，我爸是這樣被說服的：住在老家，鄰居都看得到誰出入，實在不方便，搬家會方便得多，一進社區，就沒有人知道你去哪裡，社區裡沒那麼守望相助……而這個女生也比較方便去找他，說不定還答應陪他同住。」

「不是一個有夫之婦，還有兩個幼兒嗎？」

「熱戀中的人，誰想那麼多，每個人都想那麼多的話，就沒有社會新聞版了，人家青春還無敵著呢！」

「我還真佩服他，能夠不想那麼多，卻平安活到老。」

「因為以前我們家不管發生大小事，都是我媽處理的，我爸吃米不知米價，只會自己工作上的事情，實在是一個生活低能症者。」

「這也難怪會被盯上，鄉下那些專門『照顧』老先生的集團，最喜歡這種肥羊。妳有沒有覺得很奇怪？如果老女人喪偶，通常不會有什麼桃花劫，老先生喪偶，不管幾歲，都會遇到一些。我今年幫忙鄉鎮調解委員會協調事情，這大半年，至少遇到十件以上，大概都跟我公公的事情差不多。不公平，不公平，不公平！」黃秋惠故意用賭氣的可愛聲音說：「人家我也要小鮮肉……」

「呵呵，我會幫妳祈禱以後讓妳遇到！」

兩人又恢復了昔日同窗少女的對話模式。

「開玩笑的啦。我認為我真正應該做的是：一，活得比老公久，這樣就不會有慘劇發生，不會省吃儉用老半天，結果錢都落在詐騙集團手裡。二，自己把錢花完……」黃秋惠說。

「三，一定要教老公會煮水，不然就買個自動飲水器放家裡……」林希柔接口。

「為什麼？」

「因為我爸都告訴認識的女人，他很可憐，老婆走了以後，他連怎麼煮水都不知道。」

黃秋惠拍手叫絕：「這一招真厲害！」

「我昨天聽我弟這麼一提，我立刻上網訂了一個最貴的冷熱飲水器給他，請我弟快去老家裝上。呵呵……」

這個晚上，林希柔靈機一動地寫了個訊息給爸爸，很簡單的一句：「爸，你知道的，世上只有我不要你的錢。」

他要不要聽，隨便他了。其實，爸爸沒有足夠的錢付房款，勢必得賣掉老家，換新環境，而賣掉老家，可能更合乎年輕女人的願望，因為這樣現金更能入袋了。換新環境，她也贊成，不過，並不是在這樣的圈套下。

之八

每個人都擁有別人想像不到的世界

「我覺得我年紀真的不小了，好像如果這一年我沒有決定，那麼我就永遠被決定了。」

用說的好像比較難。還好有手機，那麼就用傳訊息的吧。

「我想要生一個小孩，這一年來，這個願望越來越強烈，不過，呵呵，我一個人當然是辦不到的，需要你的幫忙，你當然……是……第一優先考慮的對象囉……」

她乾笑了兩聲。我還真幽默。她想。

「總而言之，我的卵子儲備量已經沒有什麼彈藥了，醫生說每耽擱一個月，都有可能懸崖式急速下降……而且以我的年紀，做試管嬰兒成功率也相當低，不過也沒有什麼其他辦法……有空的話，我們可以討論一下。」

她終於把要說的話說出去了。心裡像卸下一塊大石頭。不過，呂彥明會怎麼回答呢？另一塊大石頭又壓上來。

呂彥明會像以前那樣，說「妳決定就好」嗎？

他不是一個喜歡決定很多事的人。雖然在工作上，他似乎也每天都決定很多事。

他是一個中規中矩的人，從小到大似乎都在「還好」中度過，對一般人而言，值得羨慕，但也說不出有什麼傲人的特點。他從小表現中上，念大家都念的學校，到大家都想去的外商銀行工作，一旦找到好職業，就想要以此終老，過著美商公司好福利的生活，也沒有想要跳到別的地方去。白天努力上班，週末努力運動、和朋友聚會，唱歌；學校畢業後除了被公司派去參加研習，從來不覺得自己要學些什麼。書架上從來沒有多一本書，如果有些商管大部頭著作，也可能是朋友或客戶送的，只是擺飾不是用來看的。他不像林希柔一樣，為了自己的職業選擇，走了很多彎道。原本中文系畢業的她，曾經在女性雜誌社當過校對，後來又應徵上了編輯，三十歲的時候，很努力地轉讀心理學，然後繼續往上念。等她拿到博士，想想已經年華老大，追她的人不是沒有，但她深深感覺過了三十五還沒有被女人提早訂走的男人，都有某些性格的怪異之處——這當然是身為一個心理「專家」，不可以隨便說出口的，否則肯定在網路上給網友瘋狂地攻擊個十天半個月。

這時黃秋惠出現了，給她介紹「我在銀行認識的一個我們以前學校同一屆同學」，也就是她從前的理專。「人很體面，有禮貌，未婚，不是Gay！」

以上就是消極好條件了，對一個三十五歲的女生而言。

就認識了，也曾經很有戀愛感地度過三個月，然後她到美國去研修了一年，然後又遇到了金融大整併，他所任職的銀行忽然縮小營業規模，他的部門整個被資遣了，那時候他非常喪志，很需要她鼓勵，在找工作的期間，每天買菜來找她一起吃，後來就搬進了她的房子。

同居了三年，誰也沒提起要結婚。

結婚可能還是呂彥明的媽媽提的吧。她還假借了神諭，在某次呂彥明和林希柔回到他臺南老家，正和大家一起烤肉時，在大家面前說：「啊我前兩天去廟裡拜拜，廟裡的阿善師對我說，妳有個兒子年紀很大還沒結婚是不是，要結今年一定得結，不然家裡會有事情發生……」

這是什麼奇怪的旨意？受過高等教育的兩個人，打從心裡沒相信過，不過也沒有什麼必須抗拒的道理。

相處已經很習慣了，就像是室友一般。兩個人雖然沒有特別好，但也沒有特別過不去的爭執。各有各的工作和興趣，除了自己也沒有力氣管到別人，呂彥明對於林希柔的各種生涯規劃和選擇，雖然從來沒有幫助，也沒有任何的阻力，還會在她寫論文寫到太晚時送上一碗他順便煮的宵夜。聽多了蕩氣迴腸的感情悲劇，大學時代也遇過控制狂男友的林希柔，認為這樣的婚姻雖然肯定不是如膠似漆，但也絕對不會互相綑綁一起跳懸崖。就這樣了吧。

就這樣了吧。

沒有興奮感也沒有掙扎地踏入婚姻。

不像那些年輕的新娘，想要當一日公主，風風光光出嫁。趁著某一次她到美國參加學術會議之後，呂彥明飛了過來找她，兩個人就在拉斯維加斯花一個小時結了婚，然後到一家豪華賭場度蜜月。

就這樣，沒有婚紗，沒有賓客，沒有喜筵，沒有浪費錢。

到黃秋惠家時，她把車停進她家專有的地下停車場，在停車場的牆壁上發現了黃秋惠和她先生的婚紗照。黃秋惠大學一畢業就結婚，婚紗照也是挺古老的，眼睛畫得像當年的少女歌手圓圓大大，頭髮弄成包頭，上面插著一排蝴蝶蘭，大概把她弄老了十歲。她一邊端詳一邊笑。

黃秋惠說：「就是因為現在看了好笑，又不能夠把自己燒掉，只好把它吊到這裡來！讓它當停車場保全！當年為了挑婚紗照，我們還吵架呢，我要挑很多張，他說那樣浪費錢……還差點結不成婚！當年我們花了七萬塊，我的媽呀，是他兩個月薪水，後來我想想，也覺得是我錯了，太任性了，太浪費了。」

「孩子都大了，妳還那麼清楚記得七萬元……真是刻骨銘心……」

「大概在婚後第一次吵架時，我就知道這個一定不能夠掛在大廳，不然，每一次吵架，我都想要往他的臉射飛鏢……妳看，這裡有兩個洞有沒有……」黃秋惠指著婚紗照中老公的臉頰：「我真的拿來射過！」

「講成這樣，我以為你們很好。」黃家那時還有一位女客在旁，這麼說。

「我們很好啊，」黃秋惠回答：「我們吵架也吵得很好！誰家夫妻不吵架，一定有問題！」

每一個人都有別人想像不到的世界。

「奇怪，怎麼沒有回音？」這是一個沒有行程表的星期天，不過，林希柔有一篇論文要趕。這是她對自己的要求，不管有多忙，不能失去專業肯定，如果可以，她每年都希望自己有一篇論文發表在國際期刊上。現在，還在構思階段。

這個社區大學的大齡婦女，給她一個很好的靈感：就做個本地更年期後婦女對婚姻的期待感研究之類的如何？有趣，而且有現成的案例，只有把問卷設計得好，就可以做歸納，找出觀點。

不過，為什麼呂彥明沒有打電話來？

打來的是林希陽。

「姊，要不要回來……吃個飯？我剛剛看了下，現在沒塞車，從妳家開車回來，大概一個半小時就會到。」

弟弟這麼說，語氣裡充滿了「很希望」的意思，但又不敢帶什麼強迫性。

「今天是……什麼日子？」啊，糟了，今天是爸爸的生日嗎？她查了一下自己的行事曆，不是啊……還有兩天……的確是差點忘了。

「因為今天是星期天，他生日是星期二，大家都沒空，所以提早慶祝。」

「好，好，我回去……」早上十點。還來得及。

「妳搭客運回來就好，我去接妳。」

那麼現在就要出門了。她在衣櫥裡挑了一套米色套裝，穿上後又覺得奇怪，誰在星期天為爸爸慶生，穿得像要開會？

好不容易找出了一件麻紗白上衣和牛仔褲。看來應該只有家人在吧，也不用過度慎重。

她要弟弟不用接她，為了怕轉來轉去麻煩，她直接叫了一部計程車到弟弟的餐廳。

車過海灘，海浪上飄著好多個在衝浪的人。沙灘上，也有好多支大傘撐開著，賺取遊客們的費用。冬日寂靜的海邊，在夏日變成必爭之地。在這樣陽光明媚的星期天，去哪裡都人山人海……還好有自家餐廳可以用。到了餐廳，外頭還有候位……不過，可不要用盛況來推斷生意好不好，平日，還有冬日，以及下雨的日子，服務生可能還會比客人多，前兩年的疫情撐得很辛苦，幾乎把固定員工都先資遣了，最近才又把他們一一找回來。「忙了三年，三個月的疫情就把準備金全部用完了，結果還過了二年的青黃不接，就怕颱風一來，吹壞了，幾個月賺的都不夠賠。」林希柔曾聽弟弟這麼說。

林希柔不知道自己應該要送什麼給爸爸當生日禮物，反正也來不及，不如包個大紅包，才是貼心好禮。

到了現場，弟弟、弟媳還是在廚房裡忙進忙出，三樓的VIP室坐著爸爸，還有他的好友藥劑師曾先生，以及上次也有出現的宜美。麗真阿姨當然不會再出現了，現場還有花花姊和桃桃姊這一對永遠有話講的姊妹花。

還好有她們在，不然，父女相對，其實也很難找到什麼知己話講，特別是林希柔之前還因為不願意幫他喬分手事件而吼過，還因為爸爸想要當凱子買大廈而放話過……今天他生日，不好提這些。那……要提什麼？

吃了豐盛的海鮮，端上了蛋糕，唱了生日快樂歌，林志深被這麼多人圍繞，笑得合不攏嘴。自從他聽不太清楚別人講話之後，他採取了一個省麻煩的策略，就是對聽不懂的話都稱「是」和「對」，並且保持微笑傾聽的態度，看起來肯定是個慈祥和藹的老人家。

不過，看起來越親切的人可能越不好懂。這是林希柔做諮商多年的歸納結論。

她必須承認她實在不懂自己的父親在想什麼。他不好懂。

你說他單純，也未必。在這種場合，他帶的都是「不相干」的人，也是盤算過的。比如撞球妹，他明白這個家庭絕對不會接納她，所以他無論如何不會帶來。也就是大魔頭永遠藏在背後，只有「沒關係」的才會出現。這樣心機算不算深呢？

林志深收了她厚厚一疊紅包的時候笑得好開心。桃桃姊和花花姊喊「分紅」、「分紅」，喊了幾聲，林志深聽到了，說：「沒問題，沒問題，我會請客……」

切完蛋糕，又有一組人馬駕到。

林希柔沒看過。一個戴著棒球帽，一臉威嚴，穿著白襯衫和西裝褲的七十多歲長者，和一個把頭髮染成紅黑色的六十歲左右女人出現了。

手裡提著一袋子水果，「果然你們有蛋糕了，我想得沒錯，所以我就去市場買了水果來。」

大家似乎都認識那個老人，除了林希柔。

這時弟弟靠過來說：「他就是那個阿通叔……」林希柔也想起來了，她和他通過電話。真希望自己沒有給他太差的印象。反正人已經出現在面前了，當成什麼都沒發生過是個好方法。反正……麗真阿姨不會再出現在這場合裡了。

當真沒印象，林希柔之前沒有看過他。她恭敬地喊了阿叔好之後，阿通叔又提起了林希柔在嬰兒時期曾經被祖母抱到他店裡的事。

這或許是我們唯一的交集，不過四十多年前的事何必一提再提？她心裡的OS也不會隨便洩露機密。

至於那個買水果的女人，看來大家都不是很認識。花花和桃桃安靜了下來。

「這個就是我前一陣子要幫你介紹的管家……楊小姐。」阿通叔指著那位紅頭髮女士。她穿的洋裝一看就是三十年前年輕時候訂做的「古著」，盈盈笑著。雖然笑著，林希柔總覺得她的眼角閃爍著精光。

「是啊，是啊，最近沒有管家，我都只能到外面吃飯……」爸爸這麼回答。林希陽又和林希柔眼對眼，嘴角輕輕撇了一下。

聽起來好可憐，老招。還好幫他買了飲水機，所以不會有「我太太走了之後，我連開水都不會煮」這句話的出現，說得好像媽媽一生辛苦都只是為了幫他煮開水而已。

「這位是楊小姐，她很認真，最近也考了一個老年照護的執照。」

「好厲害啊，」花花又開始活絡氣氛：「不像我們，在家裡閒閒，只會吃飯和變胖。」

「不要說我們，只有妳而已，我可忙得很，還要去打工，不然沒人養。」她的表姊桃桃說。

紅頭髮楊女士很快地加入大家的閒聊行列。看來個性開朗，非常健談。林希柔決定要抹掉自己的第一印象，人不能夠有成見，也不能夠太相信自己莫名其妙的直覺，不是嗎？

一群女人嘻嘻哈哈，林志深也笑得很真心。「如果媽媽在，爸爸是不太可能過這樣的生日……」林希柔想。媽媽個性很嚴肅，除了自己家裡的兄弟姊妹，似乎也沒有什麼朋友。爸爸跟哪個女生說話，她都會多心；林希柔讀書的時候也曾經發生過一件事：不知道哪個男生寄了一封情書到她家信箱，給她媽媽發現了，媽媽堅持一定是她在外面行為不檢，招蜂引蝶，說了許多難聽話。她當年氣得絕食了兩天。媽媽心裡的男女關係就是不正常關係……覺得只要跟男人說話就會生小孩似的。

爸爸之前並不是常在家，退休前也不記得他有帶任何朋友來家裡玩過。事實上，她也從來不知道爸爸可以笑得那麼開心……也許爸爸就是想要過這種被紅粉知己包圍的日子。

「我一點也不想打擾你尋找自己的快樂……但是你……可否自己好好選

擇……？」剛剛，林志深對著生日蛋糕許願時，林希柔也這樣許願著。

接著阿通叔又對著她和弟弟說：「妳爸爸一個人很寂寞，你們要好好關心他！好好孝順！」林希陽和林希柔都不想有什麼反應。林希陽覺得委屈，因為他提過很多次邀約，希望爸爸住到家裡來，而林志深根本不願意；林希柔覺得這個忽然冒出來的叔叔似乎在指責他們不孝，而且懷有某些目的，心裡好像被鈍器撞到又叫不出來。之後女人因為沒事，又講起林希柔「比電視上漂亮」這個話題，又問她哪一個曾經與她同臺的女明星是不是婚姻有問題，哪一個男主持人是不是真的很帥……林希柔明白自己應該要告辭了。

臨走前宜美說要跟她交換 Line，要把今天拍的慶生會照片傳給她。

晚上，林希柔還沒等到呂彥明的電話，先接到宜美的電話。

其實她對宜美不是很了解。不知道她在父親現階段的生活裡扮演什麼角色，只知道她會在跟父親去踏青或聚會的一群人中固定出現。她沒有比自己大上幾歲，外表看起來挺溫和善良，一副無害的樣子。

「林小姐，妳現在有空可以說話吧？有句話我不知道到底該不該說？」宜美說。

「請說……」妳打電話來，不就是為了要說話。林希柔最怕這種「欲擒故縱」的開場白，肯定沒什麼好事。其實她好想說：「那就不要說，謝謝！」

不過這樣就太沒情商了。

「妳怎麼會買一部那種車子給妳爸？」

「哪種車？」不好意思，妳有沒有打錯電話？我爸年紀那麼大了，我怎麼會買車給我爸？十年前我的確曾經買過一部車給我爸開，可是我媽去世時，我爸就請弟弟幫忙賣掉了，因為爸爸那時老花眼很嚴重，自己知道開車很危險。

「喔？妳沒買嗎？妳爸跟小香說是妳買給他的……」

「小香又是誰？」一頭霧水。

「就是會帶他出去遊山玩水的那個……本來妳爸爸要跟她買一間房子的那個……」

這樣說就明白了，撞球妹。

「我真的不認識。妳可以直接告訴我發生了什麼事嗎？」

「本來也不關我的事啦……小香最近有一部車，說是妳爸買給她的，妳爸跟別人說的是女兒買給他的……」

「我沒有。」林希柔斬釘截鐵地回答。她大概猜得出來，爸爸又隨口拿自己當擋箭牌。

「妳知道那部車真的很糟糕……就是那種中古的臺×一號……很久以前某一家公司出的那一款，我們都覺得那款車很不安全，都不敢坐。」

「所以？」

「可是妳爸爸有時候會坐在那部車上，小香會載他出去玩……」宜美說：「我覺得很危險，我跟妳爸爸說過，妳爸爸卻說：大部分都是她在開的，又不是我在開的。她說她要一部車子，多舊都沒有關係啊。」

希柔也相信爸爸會講這種話。

應該是撞球妹跟爸爸開口要一部車子，「謙虛」地說再舊也沒有關係，結果爸爸當真買了一部破車給她。以爸爸節儉的個性，這當然也可能是真的。

「所以，妳的意思是……」

「人怎麼可以那麼不厚道，說是大部分都是人家開的沒關係，她的車裡常常有兩個小孩子，很危險的。」

宜美不真正認識林希柔，大概以為她在電視上說話總是有條有理，臉上總是掛著適度的微笑，看起來好文青，好有同理心，跟她這樣講，她應該就明白了。

「這個意思是……妳打電話來給我，希望我給那個人換一部賓士嗎？她叫妳打電話給我？」

電話那頭屏息，停住。

「就是那個車很危險，不應該開那種車……」可能是因為不知道該接什麼話，宜美重複著這句話。

林希柔忽然像火山一樣爆發了，不由自主變成一個潑婦：「現在是怎樣？妳的目的是什麼？妳真的不知道我什麼都知道嗎？她就是雞，妳叫我買一臺賓士給一隻一直想要來要錢的雞開？那我很怕我家會變成養雞場喔？妳覺得我有那麼笨嗎？」

她知道自己說話很尖銳，不過，她從家鄉回到臺北之後，開始胃食道逆流，身體不舒服，心情也超不爽！或許不要見面，還能維持著和氣，維持著美好的想像力！她也很想好好對待爸爸的朋友和奇妙親戚，可是每一次的和善都換來不太舒服的感覺，好像有好多人都有鑰匙，都可以開門進她家來管她，或者企圖拿走一些東西，製造一些混亂。

「我……我是好心……」宜美並不是一個口才流利的人。一時無法反駁。

「你們不要以為我什麼都不知道！我對我爸爸的交朋友抱持著開明的態度，但是可不代表每個人都可以踏進我家來管事情！既然妳也認識她，那麼，我告訴妳，去跟她說！不要從我這裡要什麼，我知道她有老公和小孩，她接近我爸是要來搞仙人跳嗎？」

「我……我……我……也是這麼擔心。」那一頭說。

希柔實在搞不清楚這之間複雜的關係，不過這一刻她很確定，宜美和阿通叔可能是同一夥人，之前從來不曾出現在生活裡，他們在她母親過世之後，開始對於有終身俸、又可能有一大筆錢的爸爸「運籌帷幄」。雖然她貌似忠厚，但她打這通電話來的目的，是想要爭取一些東西！上次爸爸說他要買那間房子，「宜美也贊成」，透露了端倪，誰會不知道那個價格在鄉下是天價呢？還會贊成，除非是一起分一杯羹的。宜美是誰，她贊不贊成，和我們家有什麼關係？

當然這就是爸爸的語法。他總不敢直接說自己的意見，都說別人說的，偏偏家裡的兒女都不是多數決的信仰者！哼，他跟媽就是這點像！明明就是一個人口不多的小家庭，卻鬼影幢幢，誰都可以來家裡管事。

林希柔堆積了很久的怒氣，在這通電話中找到了戰場，而且開了槍。

「妳擔心我爸被仙人跳？那就勸他呀，我是他女兒，不是他媽，我勸不動！那幹嘛來打電話給我，叫我幫那個女人換好車，妳覺得這樣有道理嗎？我對他不錯了吧，如果我媽知道我會跟他女朋友吃飯，又在葬禮之後馬上招待他跟女朋友到國外旅遊……她一定會從墳墓裡跳出來把我勒死！」

好久好久沒有口不擇言地講話了。也許這是她人生中最不隱藏的一次。

「妳最好替我跟她說，她也不用盤算搞什麼仙人跳，就算我是個公眾人物，我也不怕。」

這件事情，林希陽跟她提過，說擔心將來有人用「跟媒體告發」為理由，拍什麼不雅照片，跟他們勒索。他沒想到林希柔說自己一點也不怕。林希柔說，很多事，不能怕，一旦對惡勢力屈服，惡勢力就會嚐到甜頭，有第一次就有第二次，第三次，你想想，這麼容易就拿到錢，當然會再試試看……與其閃躲，還不如直球對決！

她把跟弟弟說過的話原音重現，咬字咬得超清楚，字字說給宜美聽：「如果你們要去告發，就去！我會帶我爸爸出來開記者會，然後我和我弟弟會代替他九十度鞠躬，跟社會大眾道歉，說不好意思我們浪費大家眼球！我們真的沒有辦法管我爸爸，他不是我們兒子，是我們爸爸！他不是十八歲，他是快八十歲！對於他這種行為，我們很抱歉！如果要被關起來，也麻煩你們有空去看他！」

像狗血連續劇裡的壞女人，林希柔毫無停頓地把這一串句子唸完！

掛掉電話，把那個宜美封鎖掉。她覺得自己好暢快，但也同時感覺到一種透支的虛脫。

發了好一會的呆，檢查了手機，才發現呂彥明已讀不回。

什麼意思？

這是個星期天，就算和朋友們到深圳觀瀾湖去打球什麼的，也不該沒時間回。

何況，談的是重要的人生大事。可是現在已經晚了，該直接打電話問他嗎？

那……又會得到什麼答案。

呂彥明的確從來沒說過他要小孩。只有他媽曾經假神明之意又暗示了許多遍。這幾年因為疫情還有呂彥明的外派，也很久沒有見到婆婆。

外頭忽然打起雷來，好大聲響，好像是在為她的心情伴奏似的。雨聲嘩啦啦落下，擊鼓一般，淹沒了她心裡所有的聲音。她覺得睏，卻又翻來覆去睡不著，伸手又開了那個放著肌肉鬆弛劑的抽屜……當晚，林希柔在夢中看見自己像小王子一樣，坐在一個非常小的星球上，看著外太空……然後她的身體慢慢地被臀部下方的土地吞噬，變成了灰白色的泥土，終於成為一個孤單的星球的一部分，兩個眼睛像窟窿一樣，只能永遠怔怔盯著寂靜的深藍色、沒有生命的外太空……

第二天晚上，林希柔才打電話問。為什麼明明是夫妻，要問一句話，得想這麼多？是因為聚少離多，所以變成了比陌生人還客氣。

然而她並不討厭這樣的聚少離多。她習慣了，很少人在婚後還擁有那麼全然的自由。她想過自己可能就是一隻像鮟鱇魚那樣的東西，其實比較喜歡一個人懶洋洋地待在靜止的黑暗水域，害怕任何同類來靠近自己的領土範圍？是聚少離多才維持了這麼多年的平淡婚姻生活。

星期一，他非得上班不可。這家銀行有個規定，呂彥明曾經說過，開會不可以超過十五分鐘，所以，他不能夠看到電話訊息的時間，也只有十五分鐘。

他接了起來：「噢，我也剛好有事要找妳……」

她以為，他說的事是同一件事。

「我堂哥希望妳能夠幫忙去開導一下他兒子。他說，妳可以按照正常狀況收費沒關係，他不想這樣一直麻煩妳。」

「蛤？」

「就是上次那個在他爸爸靈堂上縱火的少年……他現在被裁定要進去感化教育，原來的那家輔育單位也沒有辦法再收他。他傷還沒有全好，每兩個星期會有人帶他出來就醫。裡面的工作人員說，家人可以自己請人為他做心理治療。」

「那個不是我的專業範圍……恐怕……」

「妳是沒有不可能的林希柔……」他說：「我不能強迫妳啦……妳想想看吧，我等下把費用傳給妳，他說他可以比照美國的心理師費用付費。」

「嗯……我想想看……」這個青少年是個棘手的案子。從他還沒被她搞清楚的身世看來，他必然有一段陰暗而離奇的童年生活，所以才會做出那麼激烈的舉動，難道她真的有能力用她的正向心理學去改變他？

不，不，這不是我找你的目的。

「你昨天有收到我的訊息？」

「啊？什麼訊息？」呂彥明很訝異的聲音。不像在說謊。

「我看看……沒有訊息呀，沒有呀。」

「蛤？」

「不信，我擷圖給妳看……」

這怎麼回事，訊息自己會消失？還是所謂的註生娘娘，就是覺得她不該有這個念頭，或者根本沒有成功的希望，自動吃掉了訊息。

「不好意思，又有個會要開，我要進去會議室了。最近全世界的國家一直在升息，我們銀行的會好多。」

我的手機上明明傳了，而且是已讀，而你的手機上卻沒有這個訊息？當機了？還是系統軟體有問題……？

還是我真的卡陰了？不，我不會相信這個。

林希柔自言自語。

「這個人真的沒禮貌！」李美雲很生氣地說：「怎麼可以這樣？老娘下次碰到他，一定會扁他一頓！」

她對黎意文說。她剛剛顯然揉過眼睛，哭過了嗎？黑黑的眼線都在臉頰上。

「我覺得琳達那邊，人都沒有好好挑過！什麼百分之八十？真是百分之百不合格者，我要去退費！」

「媽，退費不會成功啦，誰教妳當時就興沖沖要報名……我前幾天努力地把那些合約拿出來研究一番。在那個百分之八十後面，有一行小字，當時妳根本沒有仔細看……那邊寫著，如果一個月內找不到任何一個符合百分之八十條件的異性，那麼就會自動調整為百分之八十以下……以使會員能夠打破自我設限，認識更多的朋友。真是大白話！」黎意文說。

在李美雲為那個本來認定是她的白馬王子艾瑞克・吳的消失沮喪了一個星期之後，李美雲很快地又再度燃起了「不適合的人走掉，就是老天認為我們不適合，所以走也好」的希望。但是接下來幾個對象都使她興趣缺缺。一個比她還矮，一個看起來很老又色瞇瞇，剛安排的這一個更讓她生氣，一看到她，就很沒禮貌地把她從頭到尾打量了一番，然後，她聽到這人到外頭大聲地對琳達抗議：「我也拜託妳，我是有這麼老嗎？妳怎麼安排一個跟我媽年紀看來差不多的，那個女的眼睛還看起來像金魚……嚇死我了……」

這是在說她嗎？大家都說她割了雙眼皮，很有神很好看……金魚是什麼意思？金魚很可愛啊。結果那個人真的就沒有再進來房間裡。

「他也沒看看自己什麼長相？一張臉像是給車子輾過的，壓扁的青蛙乾！我都沒說他看起來比我爸還老！有什麼理由可以嫌我？混蛋！去他媽的沒教養！」

那人走後，李美雲也在邱比特會館大叫起來。

在場的人掩嘴而笑。琳達說好說歹，才安撫了她。琳達開這個公司的第一指導原則是絕對不退錢，無論如何要安撫客人情緒：「我一定會封殺他，實在太過分了，沒家教到了極點……」在她的粉紅色總經理專屬辦公室裡，她和李美雲同仇敵愾，泡了最好的紅茶給她喝，又送了她一盒甜到可以侵蝕靈魂的巧克力。

李美雲回到家，想起委屈還是哭了一場。

「媽，這樣吧，我們就別去了……」黎意文趁著這場災難，直接提出建言。不去了，這樣不就圓滿落幕了嗎？

「不要！我最討厭浪費錢！」李美雲馬上否定。

「媽，妳這樣就不對了。如果妳在一家餐廳買了禮券，可是每一次吃，妳都上吐下瀉，那妳還應該堅持每頓飯都去吃嗎？」黎意文想辦法打比喻。

「這……」李美雲似乎有聽進去。李美雲想的是，這類似的比喻，她好像在林老師的課堂上聽過。

有的比喻她聽不懂，老師講的那些外國人研究出來的怪名字道理，她也都似懂非懂，不過只要是拿餐廳做比喻，所有的同學，包括她在內，都似乎聽得很懂。

「現在這種婚姻介紹所，是老時代的玩意，不流行了，人家現在比較流行的是網路交友。」

「那是年輕人在玩的吧？」李美雲興趣缺缺。她雖然也用智慧型手機，但直到現在她連 Google 都還不會用呢……就是打電話和收發訊息，發訊息還用語音。她當然不會打字。

「不會喔，人家好條件的人都用這個交朋友，而且裡面還有世界各國的人，我還看過長得很像妳的偶像……湯姆漢克斯的……」

「是湯姆克魯斯……」

李美雲看似有些心動。

「這樣啦，我幫妳註冊。」

李美雲跟著黎意文到她房間，一起盯著電腦。

「妳看，這個澳洲的長得像李奧納多……老的時候……還有……這個光頭多像布魯斯威利啊……喏，這不就是湯姆克魯斯……沒保養好的樣子嗎？」黎意文說。「而且，基本註冊不用錢，如果妳要跟人家同居，才要錢！」

「什麼叫做跟人家同居要錢，要死囉……」李美雲說要死囉的時候，又重重拍了一下黎意文的肩膀。語氣高了八度，表示她很興奮。

「妳看這個圖，也就是如果你們兩個人很情投意合，可以相約同居，妳可以訂做一個妳的虛擬人物，叫 May，他可以訂做一個他的代表人物，比如說是 Tom……那麼就手牽手住在一起……有沒有很好玩，好像在玩電玩……」

「就像妳小時候在養電子雞那樣對吧？」李美雲打了這個比方。

「賓果！真聰明。」她剛剛一定哭得很傷心吧。為了轉移李美雲的注意力，黎意文讚美了她。

「哇，好像不錯吔，妳怎麼不早一點講，那我們就不用花那麼多錢。」

那時候阻止妳有用嗎？

「不過……我可以用中文嗎？」

「當然不行，」黎意文雖然 Pass 了這個資訊，但她其實居心叵測……她想的是：妳根本只會二十六個英文字母吧，諒妳也玩不下去，不敢跟人家交談，只能在這裡當個旁觀者。「妳要打英文。」

「這樣噢，那我得去好好學英文了。」

「妳……說什麼……不會吧……」

她實在不相信，求愛的力量可以讓李美雲變成一個想要積極學英文的媽。

「妳不要看不起我！我好歹也念過高職，」李美雲說：「我當時念的是商業文書科，雖然……我的英文的確不太行，可是我是會打字的，我們當時用的打字機，還是那種兄弟牌的嗒嗒嗒嗒……有複寫紙的那一種。」

「妳會打字？真的還是假的。」看來李美雲的世界並不是她之前完全了解的。

「我有通過考試！雖然……我那時候好像也是補考通過的。我嫁給妳爸之前，在打字行工作過幾個月，」李美雲興奮得聲音又變尖了。「喂，人家說也可以上線上英文課，妳幫我報名好不好？」

我媽變成一個好學少女？有可能嗎？

「妳早點說就好了，其實以前也有人說過，我比較適合跟外國人在一起，外國的男人會為女人拉開椅子，比較不會有大男人主義。」

李美雲捧著下巴，開始演起夢幻少女……一個不屈不撓的夢幻少女。

「妳趕快都幫我申請啦，我今天有去市場買鱸魚，我去煎魚給妳吃噢，妳一定要幫我弄，我又充滿希望了……吔。」

她對女兒撒起嬌來。

黎意文想，這會不會又是一個災難的開始？

「還有明天我上的社區大學的同學組了登山隊，我一大早就要去登山，沒空理妳，妳要獨立堅強喔。」

黎意文白了她背影一眼：看來是我中計了，妳……根本不會寂寞嘛，也沒有什麼受挫感吧……我還想安慰妳，是我太善良，還是我想太多？

之九

愛的多元化管道

看著李美雲越來越苗條的背影，黎意文每每感嘆愛情力量的神奇偉大。是還沒有多瘦，只是跟她極盛時期差好多。爸爸去世的第二年，李美雲本來就粗壯的中年大嬸身材，變成一個泡了太久溫水的蘋果，背影比任何建築工人還要壯碩，每天花很多時間貼著沙發，兩眼無神地盯著電視，活著的唯一目的就是等她回家煮晚餐，還有挑剔黎意文的種種問題。不然，就是跟她聊起她那個總是在搞失蹤的妹妹的……種種根本無法解決的問題。

結論呢……結論不出下面三點：

- 如果我有個兒子就好了。（不知道是怎麼推理到這裡？）
- 家裡一定要有個男人。（其實爸爸生前也沒有那麼常在家。）
- 人生這樣活下去有什麼意思。（這根本是情緒勒索了實在是……）

黎意文大部分時候忍氣吞聲，沒有太跟李美雲計較。其實對以前的李美雲，最好的形容就是「熱情的潑婦性格」，她從小讀書不求甚解，除了嫁掉沒什麼企圖心，十九歲就趁著自己青春芬芳無敵，相親嫁掉了。之後，一輩子以家庭主婦為業，雖然在態度上並沒有以老公為「天」那麼的恭敬，可是老公也等於是她的土地公。她的所有觀念其實很傳統，如果她可以的話，應該一直生、生、生……直到生出兒子來，沒想到生黎憶恩難產，把她嚇了好幾年，三十五歲的時候又因嚴重的子宮外孕拿掉子宮，所以就只能一路帶著她「沒有一百分」的遺憾活著。

她本來也精力十足，號稱這個社區最惹不起的無官銜主委，只要誰家亂丟垃圾，或者把鞋櫃放在門外，誰家的狗在電梯裡頭小便……她一定會去通報。本來以為女兒都已經大學畢業，她可以跟也要退休的老公領終身俸過日子，可是大她八歲的老公某一次出勤就因為腦溢血沒有救回來。她的世界像一艘失去了帆的船。

李美雲一輩子想當賢妻良母。一個女人很平凡的願望。至於是不是賢妻，是不是良母，當然有待商討，李美雲當然有讓她覺得很無理取鬧、很盧、太有心機又太難搞的地方。

一個本來應該驍勇善戰的歐巴桑，變成那個樣子，讓黎意文好難過。

吵架歸吵架，壓力歸壓力，黎意文雖然揚言過，但也沒有真正想過要搬出去。她在家裡像一座冰箱一樣的安穩，占據了自己的角落，也還是有一些存在感，至於她動不動飛過來的侮辱，像：「妳這麼胖，還吃，難怪嫁不出去！」還有各式各樣的冷嘲熱諷，她已經練就了一身功夫，都當成隔壁的狗在叫。

這天李美雲要出門踏青，她要去東北部山區走步道，跟他們社區大學的同學。她也知道她昨天在線上「網路交友」搞到好晚，因為英文還不太行，她光一句簡單的話就要回好久。

昨天晚上十二點，她還強迫意文來看一個「世界奇觀」：一個本來照片像是超級男模的男子，一視訊竟然是個臉上皺紋多到像蜘蛛網的老先生。她們一邊看一邊笑，就是欺負人家聽不懂中文。

可是李美雲自己也是詐騙集團！她的 iPad 前面至少擺了三支美肌燈，她還購買了某APP推出的「超級美顏效果」。

今天她五點半就出門了，出門前故意將她吵醒：「妳看看我這樣穿好不好看？」轉了個圈圈。

玫瑰色排汗衫，寶藍色運動褲，怪了，到底是誰教歐巴桑們這樣配色？除了李美雲之外，意文還看過許多。配上一頂亮蘋果色遮陽帽……對的，這樣穿有好處，保證就算在深山迷路，或者失足掉落山谷，朋友們不用靠定位就可以發現她們的存在。

「妳要記得去跑步，不要因為我不在就鬆懈了，舉頭三尺有神明，看到沒？」李美雲丟下這句話就出門。

舉頭三尺的神明，應該是愛神吧？看到她興致勃勃的樣子，黎意文有點高興，又有點失落。萬一她一直沒交到好男人，怎麼辦？

又萬一她真的找到了良人，怎麼辦？

好像這兩個都不是好選項。

管它的，無論如何，李美雲不是毫無收穫，她大概減了七、八公斤肥肉，整個人看起來精實多了，身形從坦克車變成了休旅車，有了狩獵目的眼光炯炯有神，也許……讓她一直努力尋愛下去，也是活著的動力……

直到某一天，她在上班時間接到李美雲的緊急求救電話。

「快快快，妳快回來，拜託，我們門口有壞人……」一接通電話，她尖銳的聲音劃破整個空間的寂靜。黎意文在書店工作，此時正在巡視書櫃補書中。

她趕快跑出戶外，免得驚擾了書店一向安靜的空間。

李美雲的求救？她又是哪根筋不對？

「妳好好說……」

那頭上氣不接下氣：「救命啊，快回來救我……」

「妳說清楚我為什麼要救命，不要只是鬼叫鬼喊……」黎意文也來氣了。中氣十足，就表示她目前沒有生命危險，何必做誇張哀嚎。

「現在一時說不清楚……妳回來啦……」

聽見了，她聽見有人拿著硬物撞她家鐵門發出咚咚咚的不友善聲音。一個女人在外頭咆哮：「開門！我知道妳在裡面，開門！」

「誰在叫？……」沒聽過這個聲音。

「我現在……也說不清楚……」

「妳不是天不怕地不怕，又上過好多求生課？」

「我現在……沒空抬槓，這時候反正用不上……妳快回來……」

黎意文想到「狼來了」的故事，李美雲心機很深，她曾經耍過這招不是嗎？報警找到妹妹，叫妹妹回來……現在用到我身上？

還是我一回家，來個Surprise！相親對象在我家等待……她去哪裡騙來的？

「妳自己報警！有壞人就報警，光天化日之下，來撞我們家門是沒有王法了嗎？妳很知道怎麼報警不是嗎？」

「喂……我不能報警……」

敲門咯咯聲又響起，這次更大聲了。還伴隨著門鈴的瘋鳥啾啾啾叫聲。

「那我來報警……」

「不行！拜託妳不要，不然事情會更大條！」

「妳可不可以清醒點……我現在正在上班，回家是曠職……」

「妳媽比妳的工作重要吧，這樣啦，妳下個月孝親費我不收，可以吧？……妳回來……現在就回來！」聲音裡滿滿是待宰羔羊的無奈，這應該是真的吧。

「好，我錄音！」其實意文只是說說。哪來的臨時錄音裝置？她又不是開偵探社。只因為李美雲有黃牛的紀錄，什麼陪她相親壯膽五千元，逃走不算完成，不給？

黎意文跟同事說家裡有急事，請了假，搭了小黃，用最快的時間回到家裡。

哇，門口好多人。

還好這時候大家還沒下班，不算人最多。不過，看來留守在家中的老人小孩，在這個充滿劇情的午後都不得安寧。

電梯門一開就是她家。社區管理員還有一兩個好事鄰居在外頭交頭接耳。有個太太把手插成茶壺形，後面還跟著兩個看起來年齡差不多的大嬸，都燙著中年婦女時尚的鬈鬈頭，應該是同一家髮廊的手筆。

黎意文覺得自己的心臟變強、膽量變大了，在這種江湖風波惡的關鍵點，還可以氣定神閒地觀察這麼多細節。

「開門！」原來是用公共空間庭院裡掃落葉的掃把。咚咚咚……加上門鈴猛按。

「不好意思，妳們是……」

「我們是誰裡面的人很清楚！」怒氣沖沖的六隻眼睛瞄著黎意文。

「妳們為什麼在這裡？」

「我們來捉姦！」

哇，好難聽好銳利的字眼。

「妳有沒有搞錯門牌號碼？」

「絕對沒有！」

「沒有？」黎意文還想不出這件事和自己家有什麼關聯，她後來覺得自己太……太……單純、涉世未深……「那妳要找的人叫什麼名字？」

「鄧元輝！」那個拿掃帚的說。

「要死了，幹嘛把妳姐夫名字原原本本說出來！」其中一個瘦削大嬸發表了意見。原來打前鋒拿掃把的那個不是案主，後頭那個比較瘦的才是。

起內鬨了吧？黎意文又問，那跟鄧元輝在一起的女的叫什麼名字？

這個問題讓三個女人面面相覷。

「好像……好像叫做……El……什麼的……英文名字！」元配說。

「管她叫什麼？她就叫狐狸精！」拿掃帚的扠著腰說。

「我跟妳們說，這是我家，妳們不是檢察官，不可以隨便私闖民宅，如果強行進入，那麼妳們就是犯罪，隨便罵人家狐狸精，也是犯罪，這一句大概要罰個五萬元，還有製造噪音妨害無辜鄰居安寧有罪，堵在門口不讓人家出來也是妨害自由，我要告妳們。我跟妳說，我媽不叫 El 什麼的，她的英文名字叫 Mary！妳說叫什麼 El 的，是 Elsa 吧？那是我本人，我現在在這裡跟妳說話，我不認識鄧元輝，所以妳又多了一條誣賴罪！」

雖然是隨口說，黎意文說得振振有詞。

「妳們如果不走的話，我現在就要打電話報警！我們大家到警察局去聊！我媽基本上有恐慌症病史……妳們登門來大吵大鬧，讓她害怕到不敢出來，還把我從上班地方叫回來……我去警察局聊聊，我來開門，如果裡面沒有另外一個 El 小姐，那麼妳們就會……人生第一次上法庭！」

她每講一句，那三個大嬸的氣焰就削弱一分，忽然變成三隻徬徨的天竺鼠。其中一個最沒有聲音的說：「該不會……搞錯了……」

元配說：「這個死老頭，這麼狡猾？難道他知道他的電話被監控了，就用調虎離山之計……」

「姊，那我們……我們……」拿掃把的兩眼黯淡到開始懷疑自己的人生。

「就跟妳們說，不要那麼衝動，那麼恰，有什麼話大家好好說……」這時社區管理員伯伯才開口說話。

鄰居散去，全劇終……不，只是中場休息。

黎意文心裡越來越覺得整件事很不妙。

她一推開門就看到玄關有一雙男人的鞋。她已經心知不妙。

Mary 妳在哪裡？

「我回來了，快，出來！人走了。」說得口乾舌燥，從冰箱拿出麥香紅茶來一口氣咕嚕完。

「走了？」

李美雲從廚房探出頭來。

她穿著一件花襯衫，事有蹊蹺，釦子扣錯了。想必經過一番匆忙。更糟了……

難道我剛剛那麼費力就是在替她說謊？

「咳……衣服。」黎意文用視線警示李美雲。

李美雲臉上有妝，還有濃濃的香水味，該死！那是她最喜歡的味道，一款法國香水，叫做「來自喜馬拉雅山的純淨微風」，她自己捨不得用，沒想到李美雲竟然不告而嘖，而且嘖那麼多！

絕對有鬼！

「妳到底做了什麼事？」

「就是……有朋友……在……在家裡……聊天……」

「就是那個叫鄧什麼輝的？他是誰？」

「是……參加我們社區大學踏青社的一個……朋……朋友……」

「所以外面的那些是……？」

「我也……也不認識啊……」李美雲很委屈地說：「我們才剛坐下來，我泡了茶，在廚房想要煮個麵大家吃，就有人來了……」

「妳怎麼這麼單純？他可能是來搞仙人跳的！讓妳失財又失身，然後還失去了名譽，妳看，現在怎麼去跟這些被打擾的鄰居解釋？貼佈告嗎？上面寫：她們捉錯地方，不是我？」

「還有……呵，我明白了，妳不只偷用我的香水，還偷用我的名字。對吧？為什麼不用妳的名字，Mary？」

「我……覺得妳的名字……比較洋……洋氣，放在網……網站上……人家願意來聊天的比例……比較高……」

媽呀，妳還真的已經做大數據分析了。

「我跟妳說，妳真的太過分了！就算妳要當人家小三，也不應該帶到家裡來！妳看，爸爸的照片還擺在這裡！」黎意文心裡一把火，走過去把照片覆上，全家福照片也蓋牌。

李美雲也像一隻找不到窩的幼兔，瑟縮一旁不敢有任何意見。

「如果妳敢再帶回家，跟人家怎麼樣，我他媽的打斷妳一條腿，帶妳去跟那三隻鬈毛的母老虎賠罪，寫悔過書！」

「我知道了嘛……我不會帶回來……」李美雲囁嚅著。

「有語病！妳沒有悔改，根本不知道自己錯！」黎意文大聲吼，一股正氣直出胸臆。

「妳小聲一點吧，搞不好鄰居還在偷聽我們家動靜……」李美雲說。這是她此生最馴服的時刻了。

「最不可原諒的是妳騙我！」她終究說出了這句話。

這一幕場景，似曾相識？

同樣的地方，只是角色對調了而已……那一年……我幾歲？黎意文想……高三吧……那一年，我還是一個瘦瘦少女。我本來以為自己天生吃不胖的，那時候。

我的青春在那一年忽然消失了。

也在這裡，一個星期天，回家的時候，我媽在等我。

「妳去哪裡？」

「圖書館啊。」她面無表情地說。

啪啦，一隻拖鞋直接往她的臉上打過來，她沒來得及閃，耳朵被打紅了。

她媽發瘋了很可怕。本來就很可怕，後來更加可怕！李美雲動完子宮摘除手術之後，感覺直接進入更年期，本來已經好惡混亂，喜怒無常，後來更像坐了雲霄飛車一樣，時上時下。如果能夠不要惹她，意文都不要惹她。她不像妹妹，就是會來個破罐子破摔，母女不兩立，老媽不偏安，不搞革命就搞逃亡⋯⋯

「妳騙我！」李美雲大聲吼：「我今天去圖書館找妳！我只看到妳的書包和水壺！」

那個時代，大家還沒有智慧型手機。黎意文以為很好隱匿。

「我在那裡等了三個小時，妳去哪裡？誠實地說出來！」

不，不，坦白又不能從寬。

她是去約會沒錯。李美雲像盯著獵物一樣檢查她的衣服：「說謊，被抓到了吧？砂子⋯⋯？去哪裡？」

的確是去了淡水海邊，從日正當中一直坐到夕陽西下，耳朵裡塞滿浪漫的海浪聲音，好舒服。

「妳和一個叫做陳孟文的男生出去對不對？那個人根本就是⋯⋯就是⋯⋯小太保！有人來告訴我，你們兩個很要好？要好到什麼地步？」

她不說話。

「有沒有跟人家怎麼樣！來，內褲脫下來檢查！」

我的媽呀妳在想什麼？黎意文實在不相信自己的媽會這樣……她才不要。

李美雲發瘋似地要脫她衣服。

「妳瘋了嗎？」

李美雲開始動手打她。她本來想反手的。可是想到她……她畢竟是媽……

「我就是去海邊看夕陽，又……沒有……怎樣……」

「妳現在要聯考了，還在談戀愛！妳是想要怎麼樣！休學好了，不要念，就去懷孕生小孩……然後當一個老媽子……一輩子都過得很悲哀……」

妳的想像力太豐富了，為什麼成人社會總是對於青少年的戀愛想像力這麼豐富，他們自己東搞西搞，卻把青少年戀愛想得這麼骯髒？不過，當年十七歲的黎意文不敢這麼頂嘴。

李美雲想起的是自己的人生吧。高職畢業，差不多就是黎意文這個年紀，嫁人了，不久當媽了。雖然別人看起來就是平凡幸福家庭，不過箇中冷暖只有她自己知道。沒有不好……但是她還是希望女兒……過得比她好。所以一定要好－好－管－教！

不然就來不及了……不是嗎？

李美雲不是一個老謀深算的女人，沒出過什麼社會，所以也不必社會化，做什麼事都是拍腦袋想，用什麼手段都是她高興就算。這樣的人最可怕，她做起事來玉石俱焚……完全不顧她的感受和後來產生的副作用，還有是不是能夠得到什麼好結果。

「最不可原諒的是妳騙我！」

那天，她至少吼叫了三遍。

當天她被打得小腿都腫了，李美雲真的拿起一支打蒼蠅的拍子狠狠地抽她。

她咬牙切齒，卻沒有反抗。

不知道打了多久，打到她都不想逃不想叫了。她爸爸在這時候回家。「你看看你女兒做了什麼好事，是不是要好好教？」李美雲還很生氣地跟丈夫告狀。

黎爸爸回來的時候，應該很累了。他做的技術活，常常爬到高高的電線桿上，檢查高壓電的輸送有沒有故障。他回家，就是想要好好休息。

「妳幹嘛把小孩打成這個樣子？」

「她不是小孩了，她偷交男朋友！」

「妳在她這個年紀，都快生小孩了吧……交男朋友……有什麼大不了的？」

李美雲聽了這話，更加生氣。又想要拿蒼蠅拍打黎意文，被先生架住了。黎爸爸慢慢地說：「天要下雨，娘要嫁人，誰都擋不住啦。妳好好講，又沒怎樣……」

她並沒有罷手，她做了更過分的事情。為了要確實阻止黎意文的戀情發展，她直接告到訓導處。當時的校規，是不許男女學生有任何曖昧行為的。雖然，大家就渴望很曖昧。

那天超級丟臉，被訓導處用全校擴音叫過去……黎意文、陳孟文……好大聲，好刺耳……

李美雲就坐在訓導主任面前，用看著罪犯的眼光看著他們。

她沒有罷休，要兩個人簽下悔過書不要來往。

連訓導主任都覺得她做得過分了。「小孩子……小孩子……好好說就好……我們都年輕過，這些事管太嚴了，反而會造成……副作用。」平常很兇的訓導主任都沒有李美雲來得張狂。

可是李美雲很堅持她做的是對的。

黎意文在恍惚間想起陳孟文……這麼多年，他怎麼了？畢業後就沒有聯絡了。李美雲一口咬定他是不良少年，就是來騙拐她的。當然不是，他只是沒有了爸媽，由爺爺奶奶帶大的體育保送生，他是運動好手，打拳擊的，後來保送了體育系……李美雲太過分了，還親自到人家家裡跟他爺爺奶奶告狀，就是要堵死這個青春戀情的每一個出口。

那年她從學校休學了。她得了厭食症……她沒有去考大學。

看看自己現在的體型，誰都想不到她曾瘦到現在的三分之一不到？得過厭食症？不會吧，是沒事吃太多吧？

曾經是美少女的黎意文，就這樣，先消了下去，然後又腫了起來。她得厭食症的時候，李美雲是「不離不棄」地照顧著她沒錯，可是這一切都是她製造的啊。她後來經過了一些中醫西醫還有求神問卜的治療，好了，開始吃東西了……然後，就一直努力地吃東西了。好像要把缺損的能量都補回來……把心裡的那個洞填平似的……

只有食物才能讓她感覺到生命的樂趣……大學那四年，她的體型慢慢地腫大，班上大概只有極少數人，變成了戀愛的絕緣體，她當然在其中……她從來沒有去過任何同學會，因為她聽見那些同學竊竊私語：她怎麼會變那樣啊？

時光還是最好的治療師，這些年來黎意文已經忘記了那個品學兼優的美少女黎意文了。不過，她並沒討厭自己現在的樣子，她在書店工作，像一隻工蜂，很優雅，很安全。她喜歡跟書裡面那些現在不存在或虛擬人物聊天，喜歡把書一本一本乖乖排整齊，安靜又安全的工作，足以讓她忘記一切煩憂。如果不要上班，她的人生就在一個地獄裡了，李美雲，妳並不明白，其實妳就是那個獄卒，可是……為什麼我不能夠像黎憶恩那樣，甩門走開？妳對待她其實並沒有像對我這樣殘忍……我是得了斯德哥爾摩症候群了嗎？

「最不可原諒的是妳騙我！」黎意文喃喃自語著，發著呆……

那一剎那間，她想起了好多彷彿是上輩子的事情。

這時，忽然打起雷來，剛剛亮麗的晴天，什麼時候變成烏雲密布，而且天邊還有閃電，雨聲像炮彈一樣落下。

「啊，糟了……」李美雲叫道。在這一場氣氛不太友善的母女對峙中，李美雲把藏在外面的那個人給忘了。剛剛，情急之下，她打開後陽臺，要他跳過女兒牆，那邊有個三角形的小平臺，放著大樓的水塔和冷氣設備，躲在水塔後頭，或許可以不要被當成現行犯。

打雷下雨了……黎意文被喚回現實。她看到李美雲往後陽臺衝過去，帶進來一個被淋得溼溼的男人。

她氣得發抖，氣到說不出話來。

李美雲竟然還跟他說，你淋溼了會感冒，叫他洗個澡，想要翻箱倒櫃找出爸爸以前的衣服給他換。

「不許動我爸的衣服！」她叫道。「給我滾！快滾！」

在三隻母老虎逼迫下大難不死的兩個人驚惶地望著她。好像在叢林裡遇到了一隻兇惡的大棕熊。

「快走！」黎意文稍稍修正了語氣：「不然，等一下那三隻母老虎想一想繞了回來，看你們怎麼辦！不要再來我家，不然我就報警！還有妳……」

她的胸中有個火山爆發，一把要把整個叢林都燒成灰燼的惡火又點燃了：「妳要再跟有婦之夫來往，我就他媽的打斷妳的狗腿……」

從喉嚨發出的聲音，怎麼那麼熟悉？黎意文差一點以為，自己被很久以前的李美雲，那個想殺遍天下追逐一對小情侶的李美雲附身了……

一直在當頂客族的林希柔，是什麼時候想要生小孩的？她自己並不真的很清楚。其實她一直很怕家庭這個東西。她念小學的時候，響應政府推行的某個活動，票選模範家庭。她那個時候是班長，而爸媽都是公教人員，家裡又只有兩個孩子，完全符合樣板。當選後，媽媽引以為榮，還得到免費拍攝全家福，貼在公佈欄的機會……只有她在思考，到底這些樣板有什麼意義呢？這個家庭裡的人，都不真的快樂，如果有能力，她會想要逃開某一種氣氛凝重的感覺。她活在家中，像是生活在一個沒有屋頂的頂樓一樣，隨時會被雨打和雷劈，天氣如何？不是她能夠掌控……

所以她後來的志願是想要搞懂那些深藏在人心裡的黑暗水域，使透不過氣的人們可以透過正面的方式，浮出水面呼吸，但她也體悟到，人啊人，其實每個人的心中都有一自己也沒有發現的東西，也許用放射性物質來比擬很妥貼，很微小的東西，忽然有一次被地牛翻身一樣的自然力量，翻到表土上來，然後它開始發出不一樣的能量波，影響了整個生態。

「看起來……我有話直說吧，我覺得妳是最能夠接受真實現況的人了，妳這個月的狀況比上個月差了些。」婦產科名醫朱薇薇說。

外頭打著雷，雨點嘩啦啦，用倒的一樣。正如林希柔的心情。

「還有……妳的某種免疫力有點問題，有點太高，所以容易造成排斥著床的現象……我是說……妳之前很難懷孕的原因，應該就在這裡：跟工作壓力太大有關。」

「……我工作壓力……太大？」林希柔若有所思地笑著：「我自己不覺得，不過……我想妳說的也是對的。」

工作壓力是為了訓練自己能力的。林希柔總是這麼想，能夠多做一點，就多做一點，何況她目前從事的，都是她喜歡、她擅長的工作。她總是用「捨我其誰」的精神多做一點點。

「壓力，我知道妳不會感覺，不過我們的身體會反彈。」朱薇薇說：「我當年也一直懷不了孕，那時候我在當住院醫師，還要輪夜班……後來也是服用了這種抑止免疫力過強的藥物才成功。這種藥，因人而異，有些人不會有症狀，有些人會水腫、嗜睡。」

「沒關係的，我可以。」

林希柔爽快地說。

不入虎穴，焉得虎子，是她的人生奮鬥過程啊，從一個平凡的鄉下女生，過關斬將走到現在，哪有容易的，這不算什麼……

「那麼，其他的我都跟妳說過了，我們要開始打針，妳可以自己打針，依照妳目前的狀況，藥量已經要開到最高點，才可能有用……」

「可以，」雖然沒有任何經驗，但是她並沒有畏懼。

她和朱薇薇敲定了取卵和植入的時間。現在，問題在於只欠東風……再傳給呂彥明一次，訊息會再度消失嗎？是不是有什麼空氣中的小精靈偷偷吃掉他們之間的對話？

她不能等了，她認為以呂彥明無可無不可的個性，應該會配合吧？只要他在那四十八小時內飛回來就行，現在的醫學很進步，就算無法當天回來，提早也可以辦得到……林希柔並不悲觀，她跟所有想要生孩子的高齡婦女一樣，都很注意有沒有人打破年齡界限，把健康的孩子生出來。幾年前，有幾位知名女星都在她的年紀、或比她更大的年紀成功生了孩子，不過人家都有在年輕時去凍卵就是了。她也聽說有一位同行，在生育了兩個小孩之後，過了二十年，四十九歲，居然又自然地懷孕了……足月出生，孩子白白胖胖。生完孩子之後，過幾個月生理期自動結束。這是「最後一顆卵子」所產生的超能力嗎？生命會自己找到出口的，侏儸紀的電影不都這麼說。

「別信邪，讓我再相信新科技一次。」她對自己打氣。

這一次，用語音吧……就不會打擾呂彥明上班。她把他該回來的日期，講得很清楚，而且還強調了兩次。

那一頭，很快地說，我知道了。

還放了一個「讚」的貼圖。

原來，他也這樣期待著？只是不想給她壓力而已？

她在吃了藥，護理師教她如何為自己打針之後，趕赴一個她答應呂彥明的行程。探視那個從未謀面的、在太空總署工作從來沒有空回來的呂彥聰博士的小孩。他正由司法人員監護著，治療著他的燒傷。

那個小孩，叫做呂懷。諷刺的是，他似乎處在無人可以懷念的狀態。

本來以為會看到一個叛逆到兇神惡煞的少年。通常是這樣的，反社會人格。聽說他本來就住在某個輔育院，那是一個民間機構，收的孩子不算是犯罪情節重大的小孩，只是一些曾經有些問題，父母管不了的小孩。

她和社工人員談過，那是個很特別的孩子。他雖然上課都在睡覺，非常會捉弄女老師，並且會小小挑戰男老師……但是基本上成績堪稱優良。甚至有很多技能可以無師自通……比如彈鋼琴，他只是常常在鋼琴室外頭徘徊，光看同學的指法，就無師自通了。成績也不太差，背的科目不很行，因為他真的不肯好好坐下來看書，但是數理很好，就算在上課過程中睡覺，被老師叫醒，他還是可以回答相當艱深的問題。

「這不是個有潛力的天才兒童嗎？怎麼可能變成這個樣子……」

他是呂彥聰和前妻生的孩子。呂彥聰念完物理學碩士之後，得到了名校高額獎學金，到美國念了博士，專攻太空科學。前妻是他同校的理工科女大生。與其說是前妻，事實上應該沒有正式結婚。

這不是一個現代陳世美的故事嗎？林希柔邊看邊聽見自己的嘆息：「可是，孩子多麼無辜……」

本來他說他念完博士後，會回來接走他們母子的。事實上，他也沒把握。他是公務員家庭出身，有一個年紀可以當他爺爺，個性又非常頑固的爸爸，只希望他克紹箕裘當個公務員，拿退休金過一輩子就好了。相隔兩地對於荷爾蒙旺盛的年輕男女，肯定不是太好的事情。呂彥聰念完博士後和一個美國女人結婚了，拿了綠卡留在美國，為美國的太空爭霸戰貢獻心力，而留在本地的女生，念大四的時候就生了孩子，因此中輟了學業……為了養小孩非常辛苦。本來呂彥聰還縮衣節食地寄美金回來，後來漸漸沒了聲息……她為了自己的未來，決定要忘記這一段傷痛的過往，她要嫁人時身邊這個幼兒就成了難搞的拖油瓶。

呂懷小時候很過動，媽媽常往他身上出氣，媽媽的歷任男友也對他不太客氣。有一次被媽媽的新男友狠狠地打傷，鄰居太太報警，經過裁定，他被交到了育幼院去了。後來他的母親嫁了人，另組家庭，直接請人通知呂懷的爺爺。爺爺是個孤僻人，和自己的兒子也沒處好過，妻子早已去世，自己又有慢性病，當然也不可能把他領回來照顧，只能偶爾到育幼院去看他。

他在育幼院出了一些事，後來也沒辦法繼續收容他。

「他不是一個主動攻擊型的小孩，」林希柔看著他的故事：「他都是在被逼迫的狀況下出手，但是這一出手，就是十分慘烈。」

他會被放到少年輔育院去，正因為他念國中時，有幾個同學欺負他，可能只是因為他不願意讓他們抄他的數學考卷。他們會在游泳課時故意把怕水的他從背後推下去，在下課後把他鎖在廁所裡。那個帶頭的，後來遭到了復仇，沒有人知道他怎麼做的，總之，他在做化學實驗的時候……丟進了一個看起來跟大家沒兩樣的東西，結果引發了大爆炸事件，差點把欺負他的那個孩子的眼睛弄瞎了……

有人打報告說，有看見呂懷在某個東西上動了手腳。

受傷的小惡霸的爸爸是民意代表。他到學校來，在沒有確實證據的狀況下，把呂懷叫來痛罵了一頓，叫他跪下，要學校讓他退學，還說要舉報收容他的育幼院各種不及格。

結果也挺出人意料。有一天，民意代表要出門的時候，一發動停在庭院裡的車，一陣濃煙，爆炸了……他及時逃出，只有一些燒傷。

呂懷被民意代表家的監視錄影機錄到了。從此他沒有辦法像其他孩子一樣太正常長大。

爺爺的人生畢業典禮上，他竟然成為唯一的家屬代表。是因為憤怒而產生再度點火的動機吧？林希柔曾經看過一個縱火犯的真實自白影片，他說，他在遇到人生各種不公平的現象時，都會有一個聲音出現在他耳邊，像是個隱形的催狂魔在他旁邊說著：「幹吧，把一切燒得乾淨，這世界就會像浴火鳳凰一樣新生，恢復新的秩序……」

這樣的孩子，如果能夠得到愛的話，他就會成為一個優秀的天才；如果一直被黑暗吞噬的話，他就會成為一直想要點亮眼前世界的縱火犯……

世界啊命運啊，你到底要他往哪邊站？

林希柔的心中忍不住嘀咕。可是她可以用她微弱的姻親關係做些什麼？有時候，她並不真的相信自己是具有正向能力的。當然有不少的當事人，在和她聊過自己心中的癥結之後，度過了一段比較沉穩的人生，當然也有人從此得到了力量，找到方法走出陰霾，但不可否認的，有更多人，其實繼續浮沉在自己的黑暗水域……有人無能為力，有人奮鬥了很久卻又因為某個事件回到原狀，更有人每況愈下，只想拉著她一起往下沉……她全都遇過了。決定要往哪個方向走的，始終不是她。她的能力與那些藏在別人腦中的選擇相較，顯得無比的微弱。

是一個好清秀的孩子，本來。但他的燒傷最嚴重的部位，是從右邊下巴到上半身……下巴和脖子有著清晰的蟹形紋和斑駁不均的膚色，胸上還有紗布包裹著清創過後的傷口。

「嗨，」他輕輕地打了個招呼，似乎在沉思些什麼，在她自我介紹之後。她決定用「他爸爸的堂弟的太太」來介紹自己，而不是什麼專業人士。對於一個沒有親人的少年，也許，這樣好些。

他的表情很平靜，也沒有驚訝哪裡跑來這個阿姨。「燒傷治療很痛吧？」她問。

「對啊。」沒有生氣的眼神，沒有掙扎的一張臉。但也不想回答太多。

林希柔並沒有跟他說，你爸爸叫我來看你。這個少年很可能對他完全沒有印象，對遙遠又優秀的父親懷恨在心。更不能直接扯到他的自焚。

稱不上是愉快或不愉快，第一次的會面，平靜無波。她問了他一些只關乎日常生活細節的東西。少年並不主動開口，面無表情，像一隻缺水的魚。

他和這個世界之間，隔著一個透明的玻璃罩子似的，也許是因為和她不熟悉，更可能因為他所碰到的人，都不是什麼太好的人，他需要一些時間才能適應。

「有沒有什麼東西，是你需要，而我可以為你準備的……」林希柔在離開時問。

少年抬起頭，眼睛裡有一絲絲的光彩：「妳可以給我一些數學模擬試題嗎？什麼都可以，很難的也沒關係……我想要做數學題……」

是因為數學是一個肯定能夠得到正確答案的世界嗎？所以你喜歡數學？林希柔沒說出來，只是微微點了頭。

「妳放心，」少年看出了她的驚訝，慧黠的眼睛彷彿在解讀她的表情，嘴角一揚對她說：「我不會要妳幫我拿火柴或汽油來的。」

她和他對視而笑。無聲的笑中有短暫的釋放感。林希柔忽然覺得，她在他強自鎮定的眼神中，看到了一個無助而孤單的影子，幼年的自己。那個孩子用各種方法在絕望中祈禱這個世界，讓我活下去，不然，讓我逃離。

之十

每一顆心都有自己的疤

至少用了十種以上的方法，讓自己不要太焦慮，保持平常心。

成功地讓自己繼續生活在原來排定的行事曆中，完成了一個又一個工作：諮商、演講、論文、每日三餐，但對於心中層層擔憂……她必須坦承，不管再努力地化解，還留有一半庫存。因為焦慮是內在的，方法是外來的。

雖然說不上什麼大手術，卻是人生沒有動過的手術。不是一個只准成功不許失敗的手術，但很可能失敗了就不一定能夠再次進行的手術。無可挽回的是時光的消逝，不論有多大努力，你還是要承認人沒有辦法控制自己的運氣。

「妳趕快做決定是對的，功能果然在急遽下降中……」醫生朱薇薇的溫柔話語像一支牢牢射中靶的飛箭，那個靶就是她的腦。

打完了最後一支針，進行這個療程最後一次診療，朱薇薇露出了一個淡淡的微笑：「我覺得狀況還不錯，看起來可以取出六到八個卵子……扣除掉這個年齡可能有的瑕疵比例，也許會有三、四個是可以進行培育的，妳放心吧，我們的實驗室有最好的技師。」

就跟林希柔一樣，朱薇薇看過無數的當事人，這只是一個實驗，跟無數之前的實驗一模一樣，在她診所只是一個檔案，是計算成功機率的分母的幾百分之一，雖然這對於林希柔而言，卻是人生中很重要的一步。

失敗意謂著一個必須承受的打擊，成功意謂著她的人生可能要做大幅度改變。而未來的什麼改變，都只是一種推測與感覺，當它來臨之前，每個人都沒有辦法具體練習好應對方法。

機會和命運用變化多端的方式襲來，不管你有多厲害，你可能會被擊倒；不管你多軟弱，你可能會過關……詭譎的公平處處存在。

離開診所，她還是依約回去心理診所看了兩個個案。她喜歡依著行事曆前進，不管有多滿。有規則，畢竟充滿掌控度和充實感，使她不會淪為壞心情的獵物。她就是喜歡穩定的東西。

「成功率嘛……現在比以前大多了，有百分之十吧。」她想起朱薇薇這麼說。百分之十？這不是很……少……嗎？

「不會啊，」朱薇薇拍拍她肩膀，笑著說：「我們當時考上醫學院的機率……只有百分之一不到。妳念的都是好學校，應該知道從來沒有任何事簡單。」

她說得……也沒錯。

到了晚上，她認為呂彥明應該要回來了，決定打個電話給他。昨天她很謹慎地用訊息確認了一次，「你明天會回來吧……」那頭傳來一個ＯＫ的貼圖。卻也沒有按照以往，直接把訂的班機時間傳回來。

電話響了好久。晚上七點。沒人接。「或許在飛機上吧。」

晚上九點，電話響了好幾聲，接了。

「你在哪裡？」

「我在……在家裡啊……」那頭說。哪個家裡？你不在家裡。

「你……還在香港？」她非常訝異，而且心急，好像被打了一記悶棍似的。「你不是要回來？」

「我……有這樣說嗎？」

「你……該不會得了……失憶症吧……」

「我沒有說要回去啊。妳什麼時候收到這個訊息？」他比她更訝異。他不是個好演員，所以……這不是演技。

她的腦袋正在處理這個懸疑事件時，那一頭發生的事情馬上告訴她答案了。
「你幹嘛不跟她攤牌？」一個女人搶過電話時這麼說。「那我來跟她說吧！」
「妳是怎樣……」他試圖把電話搶回來，不過，電話掉落了。這個妳，指的不是林希柔。
林希柔可以從聲音揣測劇情。她好像一個盲人，用聽的，聽完一個廣播劇。
「那個女人找你生孩子……」帶著港腔的普通話：「她正在看醫生，要做試管嬰兒，這幾天，都是我替你回話的，你當然不知道……」
男人，沒有聲音，好像消失了一樣。
「對，我，又怎樣，就是我回的！」
「該是時候跟她攤牌了！我們在一起都一年多了，你都說跟她沒感情，會處理，會處理……現在是怎樣？不處理了？」
林希柔按掉了電話。
這一切竟然都是真的，不是劇情安排。
荒謬的是放下電話的第一時間點，她還在猶豫著要不要打電話問一下和他同辦公室的誰，看看到底發生什麼狀況？或許打電話給他的助理……兩年前，也就是疫情開始之前，他剛派任香港沒多久，她去過香港找他，她在辦公室等他開完和客戶的會議，他的助理出來給她倒了咖啡。是個圓臉大眼，鼻尖微翹，嘴上帶著甜笑的女子。叫 Emily 還是 Amanda？好像還互掃了手機號碼的 QR Code？她說：「夫人您有事找不到他的話也可以吩咐我。」他們一起吃了一頓法國菜，她記得那是一個海景餐廳。不是他們兩個人，是三個人，那女子幫忙訂了米其林餐廳，一臉羨慕的神情，說自己也很想去的，可是好貴。林希柔就邀請她同往，多訂了一個人，反正……反正老夫老妻，沒什麼話可講。

她想打電話給她，問發生了什麼事……雖然，這樣做有失尊嚴，她理性地明白，公私要分明，員工也不好說頂頭上司是非。所以她從來沒有透過這位助理來傳過話。反正現在留言很方便。

當她在一大列通訊人中尋找 Emily 或 Amanda 的時候，她忽然停住了……

不對，那個聲音是聽過的……

他身邊的那個女人，就是 Emily 或 Amanda……就是她。

「妳為什麼不接受現實？」心裡有個微細的，斯文的聲音出現了。

然後，換了一個惡狠狠的、很熟悉的音調：「沒有人會來救妳的！」天哪，那是林希柔母親的聲音……她不是過世了嗎？怎麼這個聲音還在……

「這是真的！」斯文冷靜的聲音說：「不要再否認了，那是現實，妳被男人騙了……」

「妳幹嘛那麼驕傲，妳就是沒人要！」媽媽的聲音又出現了，她同時感覺到一陣疼，那個巴掌也還在……打得好用力！嘴裡好像還有血的鹹味……

那個場景發生在她小學五年級，她從學校晚自習回來，發現忙碌的爸爸回家了。客廳裡，只有爸爸和媽媽兩個人。

「爸……」她熱情地跟爸爸打招呼。

爸爸對她勉強擠出一個微笑。有點不對勁，爸爸和媽媽互不看對方。彷彿有冷颼颼的風在他們之間吹著。

她本來不是一個會察言觀色的孩子。為什麼這麼不高興呢？那我就來讓他們高興一下吧？好不容易看到爸爸，她拿出剛發的成績單想要讓爸爸高興……這次月考，還是全班第一名。林希柔從小努力讀書，成績還行，但是考第一名也很難出現。

爸爸竟然說：「我有事要出去，請妳媽簽吧！」

就這樣轉身出門。

她媽媽一步一步走來，小林希柔把成績單遞過去，媽媽沒有接住那張紙。平常在大家眼中溫良賢淑的媽媽，狠狠地對她揮一巴掌……

然後，抓著她的頭髮，往牆上推……眼前一陣白花花的，好痛。

她是招惹了誰呢？滿眼是淚的小林希柔問……沒有人給她答案。正在關門離去的爸爸應該聽到她的哭喊了吧。不，他頭也不回。逃離這種尷尬氣氛，把問題交給別人，是他的強項。成年的林希柔，正冷冷地為記憶的這一幕下註腳。

「爸爸救我……」小林希柔叫喊。

媽媽揮巴掌揮得更用力，就是在這時候，她說：「考試好，妳幹嘛那麼驕傲，他根本不管妳死活，妳就是沒人要！」

在媽媽怒火中燒時，她嘴裡的話，能多惡毒就多惡毒，除了她，沒有人相信得過優良教師獎的母親，在某些她控制不住的時候，會從美女變成野獸。

這一句話，這一幕，出現在各種噩夢裡……

事後媽媽給了她一瓶紅藥水讓她自己擦掉傷痕，並且不許她跟弟弟或任何人講。沒有對不起。之後大家都不提起。

這些都是她承受的，不是林希陽。只要媽媽遇到委屈，都是她接的球。女人就該這麼歹命？

這些事情，她本來都忘記了，和母親離開世界上一起消失。

「妳不是原諒她了嗎？怎麼還讓她打妳……」那個飄在空中的斯文聲音說。

林希柔也很想還她一拳！可是有一種無形的力量握住了她的手：「妳，冷靜……」

不，她不能冷靜……她開始尖叫，想讓耳中的各種聲音散去……

尖叫並不合理，但人舒服。直到樓下管理員來按門鈴：「林小姐，到底發生什麼事？」

她只能說：「不好意思，我在進行……心理學的實驗。」

這個晚上她找到自己所學的一百種方法，來解除自己的混亂。

林希柔關掉電話，不再期待電話那頭有人來解釋什麼。她明白，還是能夠在混亂中維持一種清明，最重要的一件事情是：不要跟事實爭論了。

發生的就是發生了。事實就是事實。不要爭論或爭鬥。

不要跟自己說那是假的，不要希望有時光機能夠回到過去扭轉乾坤，不要否認自己的傷勢，不要鑽牛角尖去問，你怎麼會那樣讓我受傷呢？

所有的答案可能都是：我也不知道。就是這樣。

事情已經發生，傷已經在，天崩地裂，可是負傷的我還活著，到底該如何才好？

「快告訴我啊，林希柔！」她已經變成了兩個人，醫生和病人。兩個都是她。

她看著眼前的病人淚水決堤，大哭一場。為了不要讓管理員繼續關切，她咬著棉被哭泣。

「不管妳多麼努力，就是沒有人愛妳……」惡狠狠的聲音，有時候會在她哭泣的空檔跑出來說話。

我有多久沒哭了?當她感覺自己把淚水的容量都用完時，她聽見了心裡的另一個問話：「這麼多年來，妳真的曾經愛過他嗎？」

她竟然沒有辦法回答。習慣也是愛嗎？

她打定了主意，繼續，繼續，繼續。

被窺伺的不安還強過於被矇騙的傷心。這一刻她的憤怒比悲傷更強。為什麼？如果這件事發生在別人身上，她很容易分析出為什麼。可是這一刻她累了，她寧願吃一顆肌肉鬆弛劑讓自己睡覺，不要再同外在或內在的世界爭辯了。

先讓自己回到安靜的宇宙裡，比較安全的領域……

自從上次的捉姦事件之後，李美雲在家中的氣焰大不如前。

「妳不准再去參加那個踏青社，如果再跟人家怎麼樣，我……跟妳斷絕關係！」

黎意文本來想說的是：「我就打斷妳的狗腿。」

從前李美雲好像也對她這麼說過。

說實在她挺佩服李美雲的。她最大的長處就是臉皮很厚。後來有人問起，到底那天有人來她們家踢門，發生了什麼事？李美雲還可以有說有笑地說，那三個瘋女人，找錯人了。她們想找的人，我也不認識。

好值得為老媽的演技拍拍手啊。她的演技還比自己的好！

黎意文曾經偷聽到，那個男人還有打電話給她，她躲在浴室講，但是聲音實在太大聲，意文想要不聽到也難。

「你不要再打電話給我！太可怕了，說不定你老婆還會錄音，還會調查，還裝了追蹤器，還會跑到我家來！我跟你沒關係，我跟你沒關係！死女人自己管不了老公，只會找別人麻煩！兇什麼兇，真是夠了……啊，你不要再打電話來，想要來套我搞仙人跳對不對？……老娘沒錢，別來這一套！」

她罵得很暢快。從語意上聽來，並不認為自己有錯。

這一陣子她似乎放棄了臺灣男人。李美雲為了網路交友，還真的勤學英文，有一天她發現她的桌上有一本嶄新的《一百分英文法》以及《一小時學會旅遊英語會話》。還註冊了那個中年男女交友網站的英語溝通教學課程。

不過，李美雲求偶的路上還真的充滿了荊棘和陷阱。

當黎意文發現那種「魂不守舍」的表情又出現在李美雲臉上時，她就會特別提高警覺。

上上禮拜她又開始怪怪的。半夜不睡。問她和哪個國家的人交朋友，她不回答，臉上出現「要妳管」的得意微笑。還是會像以前那樣，煮晚餐給她吃，但是不陪她一起吃，偶爾會唸兩句：「妳要學會照顧自己……不然如果我嫁到國外去，妳就只有一個人了……」

「妳真的想很多喔。」在黎意文看來，李美雲就是那個想太多的賣牛奶的小女孩，頭上那一桶牛奶還沒賣掉的時候，就以為自己擁有一整個牧場。

不多久她又看到了一本《南非旅遊面面觀》在她桌上。這是她打出娘胎以來看到她媽買的唯三本書。

南非？她決定主動問她：「妳認識南非的誰？」

李美雲笑著回答：「既然妳這麼好奇，我就告訴妳吧……反正大家遲早會見面的，Vincent 說他下個月會來臺灣找我！」

「什麼？」

這麼快？又來了什麼妖魔鬼怪？

「妳先猜他哪一國人？講英文的喔……」

「南非。」

「哇，妳太厲害了，我們心有靈犀喔，一猜就對！」

廢話！不然妳幹嘛買那本南非旅遊的書？

「妳不要太驚訝，也不要急著反對。我先跟妳介紹他的背景，他五十三歲，十年前離婚了，有個九歲的小孩……他在南非有個私人動物園……專門跟旅行社合作觀光行程。我好想去南非喔，不過，他說他會先來看我。他會帶小孩一起來玩……妳覺得我要帶他們去哪裡啊？總不能帶他們去動物園吧？妳給我建議好不好？」

「且慢！Vincent 這個人跟妳視訊沒有？」

「有啊，我每晚都在跟他視訊……他在中年外國人裡頭還算普通帥哦？」

「他應該不是一頭大象或是老虎吧？」

「妳胡說八道些什麼，他是人，一個白人。他說他祖父就移民南非了，祖父以前是愛丁堡的貴族，他還給我看他祖父母的畫像，跟那個美術館裡的歐洲油畫幾乎一模一樣。」

李美雲一臉陶醉，眼神迷離地說。

「當然一樣，因為就是故意下載油畫給妳看的！」

「妳這個人怎麼那麼悲觀呢？」李美雲瞪著她說：「疑人之心，不可有……是這麼講的對吧？」

「防人之心也不可無啊。」黎意文知道再講下去李美雲肯定會因為被潑冷水而口出惡言，不過不告訴她社會險惡好像也不對：「如果他要妳匯款給他，妳可不要上當！」

「妳這個人真是一隻烏鴉！沒有，人家他要來臺灣看我，還問我要什麼禮物，要從南非帶給我……」李美雲打了個呵欠……因為時差，她必須聊天到大半夜，所以睡眠不足，處於「精神愉快、身體不健康」的狀況中。

「我真的很擔心妳認識一個美國中情局的，什麼FBI的……」黎意文一邊大口喝湯一邊說。她想起的是一個轟動一時的社會新聞，有個女生在網路上認識了一個美國中情局的局長，熱烈的網戀，那人說要來看她，跟她說他離婚後前妻查扣了他的帳戶，所以他連買機票的錢都沒有，要求她匯給他。

她匯了，滿心期待局長到來，等啊等的，只等到他說他轉機到了韓國，被挾持到北韓，要求她再匯款到某個帳戶付贖金，這個女生真的沒有那麼多錢，只好向一個立委陳情，請他跟政府部門溝通，派人去救局長。

大家都當笑話講，只有此女堅稱一切為真，還在臉書上發動募款，大罵大家見死不救……

「FBI？有吔……」李美雲一派天真，開心地說：「上個禮拜有個FBI要來跟我交朋友，他說我長得很有東方美，不過他太年輕又太色了，我跟他聊了三天就沒再理他了……」

這……「什麼叫作太年輕又……太色？」剛放進嘴裡的蓮霧吐了出來。

「他只有三十八歲呀，這樣對我是不是太年輕了，第二個晚上我們聊得正開心的時候，他忽然跟我說想看我的胸部……好害羞噢……外國人都這樣……」

「我的媽呀……妳真的給他看了？」這恐怕還不只是詐騙集團，這會讓我媽的胸部充滿整個網路……

「妳的媽在這裡，別亂叫，大驚小怪！人家外國人都這麼開放妳不知道嗎？他也給我看……

「這事態很嚴重，妳……」

「看他身上的肌肉啦，妳在想什麼……他是一個健身教練，他說他特別喜歡東方女人，大部分的女朋友都是東方人。」

「妳到底給他看了什麼？」

「我……」李美雲小聲說：「我給他看了一點事業線……嘻嘻……」

「妳真的不准再上網了，妳根本是誤闖叢林的小白……豬！」

「妳憑什麼管我？」李美雲用睥睨的神情看她：「妳管管妳自己吧，不要嫉妒我！妳自己交不到男朋友，就嫉妒我的幸福！」

「妳真的瘋了！」

「隨便妳怎麼說，我現在就要來替 Vincent 去 Google 一下哪一間旅館比較好……還有要帶他去哪裡吃飯……」

不管黎意文怎麼提出警告，李美雲做著各種幻想，她努力地研究南非的種種風俗民情，告訴黎意文南非的櫻花叫做紫薇花，開起來整條路都變成紫色的，能夠跟愛人在那樣的路上散步，是她這輩子最期待的浪漫，她還在她最近上的電腦課中合成一張她和 Vincent 走在紫薇花樹下的照片。

黎意文看到那張照片，是因為李美雲對她炫耀，她的作品在社區大學得到高分，被老師誇獎。

「妳有沒有覺得 Vincent 的臉長得很像克林伊斯威特年輕的時候？」這次黎意文一邊啃著雞腿一邊說。

「對啊。」李美雲很得意地回答，一點都不覺得那是一種提示或諷刺。

她所期待的兩個星期，像蝸牛一樣緩緩移動，到來眼前。李美雲依照這位網路男友班機指示，第二天一早要去接機，前一天的大半夜接到了一個訊息，說他和兒子轉機的時候被馬來西亞機場扣留了，因為他們指控他持有大麻，其實就是要錢！他把身上所有的錢給他們還不夠，他們說要五萬美元才願意放行。

「怎麼辦？五萬美元是多少錢啊？」

半夜兩點，李美雲著急地搖醒黎意文。李美雲的搖晃在黎意文夢中化成了一陣驚天動地的大地震……她在高樓中，看見左邊的樓塌了，右邊的樓也塌了，而她所在的大樓正像一株被強力往下扳的竹子向地面彎腰……

「救命啊……」大叫醒來，看到一臉驚惶的李美雲：「妳幹嘛啦妳？……天……天亮了嗎……」

窗外夜色還很深沉啊……

「五萬美金等於多少錢？」李美雲問。

「電腦上可以查呀，妳不是很會Google了？」黎意文揉揉眼睛：「喂，妳知道這個幹什麼？」

「我要五萬美金救Vincent！」

來了，果然來了！如果時機未到，跟妳講老半天，妳也還是會罵我烏鴉！但是天下的烏鴉就是一般黑，天下的詐騙集團沒有不騙錢的，果然來不了了吧！

她爬起來，打開電腦，直接Google「網路交友詐騙套路」給李美雲看。一整排的搜尋結果，所揭示的答案和李美雲遇到的差不多。

李美雲本來還不相信，她還在跟Vincent對話呢。「妳叫他拍一張照片，把他跟什麼馬來西亞警察還有他兒子的照片拍出來！」

「他們不讓我拍照……」他很快地回答。

黎意文把 Vincent 的照片也放在網路上搜尋，果然發現，沒錯，是克林伊斯威特在一九八五年被某個小報拍到的照片。「原來，我媽正在跟影帝交往！影帝現在住南非！」黎意文說。

「妳可以匯五萬美元嗎？我星期一打電話給祕書，就可以請她匯還給妳……」Vincent 繼續懇求：「我孩子餓了，他們都不讓他吃東西……」哇！現在用中文了！真厲害！

「Your story is so obvious that can be found online. It, s such a cliche! Try something new!」（你如果要騙錢，可以換別招，這招太老套！）黎意文偏偏用英文回答。趁著李美雲不注意，黎意文打上這一行英文。李美雲的英文理解力，還沒能這麼迅速！

那邊很迅速地傳來了四個英文字 Fuck，還不只，還罵什麼老母狗哩。黎意文不想翻譯，就讓李美雲自己去查吧。

李美雲像個洩了氣的皮球，嘴裡一直說：怎麼可能是假的。

黎意文回房繼續睡覺。

第二天她要去上班時，李美雲還在睡。在她房間外可以聽到好大好均勻的打呼聲……黎意文真心佩服她，不管遇到什麼事情，她到底還能夠睡得這麼好。

「如果不是我，妳就被騙了臺幣一百五十萬。」吃晚餐時，黎意文故意提醒她。

「我才不會……我本來就覺得怪怪的。」

「妳本來有覺得？」

「有啊，他本來告訴我他是開動物園的，後來卻跟我說他是服裝設計師，我覺得很奇怪，問他，他說他同時也是服裝設計師……轉得真快！人哪有那麼多才多藝的。」

「還有我問他在南非大草原上可以看到什麼動物，」李美雲說：「他說有老虎，我去Google了一下，南非好像沒有老虎噢……」

黎意文笑彎了腰。「那……妳……妳還跟他繼續扯……扯下去？」

李美雲真堅強。

黎意文以為，經過這次教訓，她應該放棄交友網站了，沒想到又在她的桌上看到紐西蘭指南和日本旅遊書。天哪，誰知道又會發生什麼事。

「人生是個斜坡，當一顆石頭開始滾動，它就會一直滾動。」黎意文曾經在一本勵志書中看過這樣一句話。

她很質疑，經過了這麼多事，李美雲真的要這樣一直滾動嗎？要一個男人的心，到底有多堅強？李美雲實在是個沒有任何好條件的中年婦女，要人沒長相，要錢沒太多，要青春已經是負分，要身體又份量大……她憑什麼認為自己一定會成功啊……

那一天，黃秋惠陪著林希柔進了手術室，在她被麻醉前握住她的手說：「加油，沒關係，有我陪。」

林希柔還是在第二天一大早傳了語音訊息給黃秋惠，黃秋惠二話不說，準時出現在朱薇薇的醫院裡。

她改變了療程。至少先把卵子存起來。

「存起來很重要，不管我們要不要，至少我們還可以有選擇！」黃秋惠要她別放棄。

先把這件事處理好吧。林希柔也明白，她不是想要為誰生孩子，她是真的不想要在被宣告「不可能」之前放棄最後希望。

「人生好難，」林希柔說。

「妳的沒有特別難，」黃秋惠說：「每個人都以為自己的比較難。呵呵，其實沒有人是輕鬆如意的……」

「嗯……」

「這樣的事情，我也遇到過。妳真的不知道，十年前我多麼猛，我直接把那個不斷傳簡訊約我老公的女人約出來聊！還從朋友那裡調了兩個保鑣。別看我老公那麼老實，像隻羊，哈哈，就算是一隻羊，看到了誘惑，也會心猿意馬呀。不過，一個巴掌拍不響啦，我也知道不只是那個女人的問題……他後來一天就只剩下五百元可以花了，哈哈哈……」

「沒想到……」到底是傳說中黑道大哥的女兒。

「是啊，別人的人生裡沒想到的事情，很多很多。就好像我也沒想過，連妳的人生也這麼波濤洶湧啊。我那時候最氣的事情是：我要趕快離開我爸那種生活，趕快嫁人求安穩，找到一個看起來最古意的老公，沒想到……還是會出事。」

「妳說出我的心聲了。」林希柔說：「我想，我也是這個心態……呵呵。以前也不是沒有條件好的人追我，但是我就是不敢和條件太好、太瀟灑太情話綿綿的人談戀愛，總覺得那樣不安全，沒想到……人生充滿了各種沒想到。」

不過，林希柔知道她的故事，在她聽過的那麼多不可以溢出診療室的故事中，她的故事無論再怎麼受傷，在曲折坎坷度上，恐怕還不及格。

醫生來打麻醉針，她安安靜靜地進入了無夢的夢鄉。

那天黃秋惠說什麼都要住到她家去陪她，兩個人聊了好久好久。

「委屈妳了，我不知道妳也吃過這麼多苦。」林希柔說。

「真的還好……」黃秋惠聳聳肩。有些事，她也沒有打算告訴林希柔，那些祕密，她自己知道就好。男人有什麼不對勁，很容易被發現，但是女人真的在想什麼，男人永遠不會知道。絕大多數的婚姻，都會進入無聊期，總有人想要暫時逃跑。要維持婚姻，並沒有那麼難，難的是要維持一個雙方滿意又如意的婚姻。

好一陣子，李美雲沒有再提起任何人，黎意文也不想問。「她該學聰明了吧。」她想。

「只要跟妳借錢的，都是詐騙；只要叫妳脫衣服的，都會勒索！」黎意文如此三令五申。

「知……道。」李美雲也不再反駁。

她只知道李美雲除了買菜、上課還有偶爾跟趙太太去看一些展覽之外，每天都在上網，跟一個沉迷於打電玩的青少年差不多。

就讓她享受這個過程吧。也許她這麼熱情地對待求偶這件事，不一定會有結果，她也遭遇了好多挫折……不過，在她爸爸去世之後，這一段風風雨雨的期間，看得出來是李美雲改變最多的期間。

但是就跟青少年一樣，他很安靜，不代表他沒有叛逆期。當一個本來活潑過動的人忽然變得安靜，有句俗話，很可能只是「惦惦食三碗公半」，只是在儲備能量孕育爆發性的動能……

沒過兩個月的太平歲月。這個星期一，她正在排列本週暢銷排行榜的書籍時，李美雲打電話來。

「告訴妳不要在我上班時間打來，都不聽，到底煩不煩……」

她本來打算這麼唸她。

李美雲並沒有想要等待她開口，就自己說了起來：「嘿，Elsa，我是Mother……」

「我拜託妳不要沒事找我練英文……」目前還沒有顧客進門，她壓低了聲音說：

「我在忙啦……」

她沒聽見，繼續發表談話：「我要出國了，現在我在機場。」

「妳……妳什麼東西……？」她忍不住驚呼。所有在場店員的目光都往她投過來：這個平時好安靜的「前輩」到底發生了什麼事。

「我在機場，我要出國。就知道妳會反對，所以我先斬後奏了。」聲音非常愉悅，彷彿整個人都在跳躍。

「妳要去哪裡？」

「我到了再告訴妳。」李美雲說。

妳怎麼這麼奇怪，是怕我劫機嗎？

黎意文趕緊衝出書店大門，才放聲說話：「妳快回來！妳一定會被騙的！我跟妳說，單身女人很容易被詐騙集團誘拐，他們只要妳的錢，不然就是要妳的腎臟！妳回來，不然妳也可能會碰到高速公路連環殺人案，或者變成被販賣人口！」

她已經口不擇言……「妳不要亂搭飛機去找人家。」

「妳這個人怎麼那麼悲觀？對感情悲觀的人，按照吸引力法則，是不會有好結果的，我們老師這麼說，我有抄筆記喔。」

黎意文也覺得自己嘴裡的這一連串詛咒太不留情面，改用軟性攻勢：「妳要去哪裡，難道不用跟家人商量嗎？妳自己最討厭憶恩人間蒸發，為什麼自己要亂搞？」

「我是大人了，我不是妳的小孩喔。我會保護自己的，沒那麼笨。」

「妳不說妳要去哪裡，總可以說妳什麼時候會回來吧？」

「不一定。」

「什麼叫不一定？妳機票訂什麼時候？」

「我只有買單程機票。」

「妳真的瘋了！」如果能夠來得及，黎意文一定會馬上攔車趕到機場去阻擋她。

可是她已經聽到了電話那頭：往……旅客請登機……偏偏目的地那幾個字沒聽清楚。

「喂，我要登機了。聽著寶貝，妳長大了，不要太依賴妳媽，每個人都要去尋找自己的人生好嗎？」

「我聽妳在亂訓話！不是這個問題！我很好，也巴不得妳趕快不要理我！可是我擔心妳被騙！妳談的戀愛太少，妳的腦根本是糊的，妳會被騙，會後悔，妳根本沒有自己出過國。」

的確是沒有獨自出過國。事實上李美雲曾出過三次國，每一次參加的都是她老公公司舉辦的獎勵旅遊，爸媽出國的時候，當學生的黎意文和黎憶恩都很高興，因為耳根清淨。

「妳放心啦，老娘很精明，不會被騙錢，何況我也沒有帶太多錢……騙其他的，我也沒什麼好損失，我如果不試，我才會後悔。噢，還有一些家中注意事項，還有我們家的存款簿和保險箱放哪裡，我寫了一張紙，放在妳桌上……嘟，嘟，嘟……」

「我輸了。」黎意文望著頂上的藍天白雲說。頂頭就是飛機航道，她知道，不久之後她媽會在她頭頂經過。

這是預謀犯案。李美雲暗自籌畫很久了，而她卻完全不曉得。

那張紙上密密麻麻地寫了各種密碼和注意事項，包括水電費夏季和冬季的平均價格，管理費怎麼繳，還有一些要交給她代辦的事項……「這種交代方法，好像是打算永遠不回來似的，風蕭蕭兮易水寒……在搞什麼，太大膽了……」她還在抽屜裡留小卡片：

親愛的大女兒、二女兒，

媽只是出去旅行，妳們不要擔心。就像那首歌的歌詞說，走吧，走吧，人總是要自己長大的……一樣。

我到了那裡就會打電話回來。如果想回來，我也會回來。

我一直想要跟妳們說，我以前也是太年輕，沒出過社會，也不太懂事，在養妳們的過程中，也有不對的地方。那是因為我也還沒有長大就做了媽，也不知道怎麼做才好，請妳們不要跟媽計較。我的人生時間可能也不是很多了，我要好好自己長大……好好過一段我想過的日子啦。

謝謝妳們陪我這麼多年。

啾咪

媽媽美雲

這個晚上，意文把媽媽的卡片拍照傳給憶恩。

她其實一直有妹妹的聯絡方式，只是依照約定，不要讓李美雲知道。

憶恩到底是為了什麼跟李美雲不對盤，王不見王？想起來都是非常微小的事件。比如憶恩從小成績不太好，只有圖畫得好。李美雲老是在她耳邊唸唸唸，看到她沒念書、在畫圖，就會衝過來把她的畫撕掉……還有憶恩念國中時在手臂上刺了一朵玫瑰花，曾經惹得李美雲拿了菜刀出來說要把她刺青的那塊皮割掉……意文知道，她不敢行兇的，但是她嚇唬小孩的方式，也比虎姑婆還可怕！

憶恩高中就會抽菸，李美雲每天搜她書包和房間……還有憶恩不想考大學，李美雲說她要去跳碧潭……

小事變大、大事變得更大，是李美雲的專長。只是因為她也還沒長大？

憶恩並沒有在天涯海角，她住在新竹，在一個美術班教孩子畫圖。

「她真的這樣不告而別？」憶恩馬上打電話過來。「太酷了！」憶恩說：「她不愧是我媽，雖然個性不同，我們有一樣的ＤＮＡ吧！妳，妳別擔心她，讓她去闖蕩天涯吧！」

「她的英文還是超破，我怕她連『出口』這個字都不認識，會被騙……」

「哈哈，妳別瞎操心！妳真的……也要自己長大……」憶恩說。

妳憑什麼用媽的語氣說話呀。

之十一

愛情是幸福而危險的事情

「我真的不知道，他為什麼老是要把這兩件事搞在一起？姊，我知道妳忙，如果我自己想得通，我也不想打給妳……」林希陽說。

「你就直說啦，開場白不用這麼曲折。」林希柔說。

「妳知道他現在跟有個叫江妃淑的在一起？她已經住到我們老家去了……」

「唉。」她沒有太驚訝。那個母親去世後才跑出來的遠親叔叔真的很怕爸爸寂寞，爸爸所有的朋友和女友都是他介紹的。雖然彼此的關係千絲萬縷，說不清楚。她的父親比她想像中還炙手可熱。因為是公教人員退休，有月退俸，如果嫁給他，而他不在了，未亡人仍可以領一半，至少終身有保障，因而老先生在婚姻市場上仍有「身價」。

「這件事是老家鄰居告訴我的。當然，本來可能不只是她……兩個禮拜前他還介紹了一個女人要來我餐廳當服務生，要我一定要用她，說她需要工作，可是我並不需要人呀。後來鄰居告訴我，那個女人也常去我們家，在爸的『空窗期』幫他做清潔打掃工作，可是有時候當天並沒有出來。」

「看樣子你敦親睦鄰的工作做得很不錯。」林希柔想要緩和一下對話氣氛，她知道弟弟正在氣頭上。

「我能怎麼辦？他不肯來我們家住，我只好常去送鄰居禮物，要他們照應爸爸一下，不過左鄰右舍都有沒事在家的，他們就很認真地送來情報，」林希陽苦笑：「一不小心就建立了一個情報網……」

「總而言之，看來就是兩虎相爭，那個叫江妃淑的取得勝利，她住進去了。起初我看爸也滿正常的，有人照顧也好。爸爸堅稱那是因為那個姓江的無家可歸願意來當管家，所以才撥出一間房間給她住。沒關係，我不想管他的關係！爸爸有好一陣子沒有再重複他那個什麼只能到民眾活動中心大樓爬樓梯去圖書館，覺得自己人生充滿茫然的鬼打牆故事。」

的確，只要身邊沒有愛情對象，那一段話就會一再重複，上一次跟他吃午餐，他在一個多小時內又說了三遍，在座晚輩不管怎麼安慰都不算數。只要旁邊有伴，這段抱怨就沒有出現。

林希柔已經知道，那段話並不是在表明自己需要醫療支援，也不是想要有人跟他一起住，真正目的在於：他需要一個女朋友。那是他需要愛情的理由。她認為自己

「猜」得正確，照林希陽的歸納統計，也是如此。

如果愛情的感覺可以貼補人生的茫然，就讓他聽到愛神召喚的時候，勇敢地去吧……面對的如果不是自己的爸爸，林希柔肯定會這麼鼓勵。可是他的案例很特殊：她實在搞不清楚爸爸到底是精明還糊塗？

爸爸在處理錢財上很糊塗，所以母親去世之後，他才發現自己家裡其實沒什麼錢。母親抽屜裡只有一疊厚厚的保單，其中沒有一張在她罹癌後派上用場。現金有三百多萬，房子一間，在母親名下。老房子的確有相當增值，所以大部分現金拿去付了遺產稅。這間房子，爸爸和弟弟各擁有一半，而林希柔主動放棄繼承。

當時弟弟和爸爸還有一個爭執。母親去世的當天，某個銀行帳戶裡的兩百萬被領走了。弟弟看存款簿才知道。問父親，他說沒有！再問，矢口否認、大發雷霆。弟弟只好請銀行調錄影帶，那個衝進去領錢的，不是爸爸是誰？

「他告訴我，他有失智症記不得。妳說這是不是……很妙。我已經好聲好氣跟他說，我問你有沒有去領，不是要跟你分錢！我是怕你被抓去關！這是有刑責的！」當時林希陽為這件事很生氣：「有一筆錢在當事人剛剛去世後就憑空消失，IT系統怎麼可能查不到？萬一在算遺產稅的時候被查到了，而我們還說謊，這是會被罰錢的，不是他矢口否認就算了。」

這事後來處理好了，林希陽沒再提起，不過，他對父親的信任度大大降低：「妳記不記得，以前媽媽只要跟爸爸吵架，我們就要倒楣，家裡氣氛很陰沉，做什麼事都會動輒得咎？我們都覺得是媽媽疑神疑鬼，動不動就懷疑爸爸在外面做了什麼事……現在我想起來，搞不好都是真的……？」

「人死不能復生，現在來挖這些已經太遲，考古和徵信不是兒女的責任。」

那時，林希柔是這麼說的。

他們姊弟在天下無事的時候，其實並不會通話聊天，各自問題，各自帶開解決，通話總是為了家裡的問題……幾年前談的都是媽媽生病治療的事情，媽媽去世後談的都是爸爸的愛情紛擾問題。也許因為林希柔算半個公眾人物，總是有「什麼問題都能解決」的形象，所以之前才會出現爸爸的朋友宜美來替撞球妹要求換部好車的問題……找花錢小氣的爸爸要不到，就找女兒要了？還是說，這是原來打算好的，「孝順」兒女，也是加分條件。

沒有成功，繼續努力？林希柔還是常常看到這些人出現在爸爸出遊的照片中。她並沒有把曾經發生過的事情告訴父親，還是不要揭開那層面紗比較好，畢竟兒女無法一直陪伴在身邊，老人家好不容易就那些朋友了，不可以毀壞他的朋友圈。

自稱叫江妃淑的進入父親的生活圈之後，不知用什麼方法排除異己……父親的出遊散步照，通常就只有這兩個人。

林希柔跟父親吃飯，也看過江妃淑像以前麗真阿姨一樣，直接把切好的魚排放進爸爸口裡，一口一口餵著……爸爸看起來舒服又幸福，這肯定不是行為拘謹、神色陰霾的媽媽曾經給過他的待遇。這是爸爸要求的嗎？他明明身體硬朗，要去玩走幾個小時都沒問題……他是想要讓時光回頭去當小寶寶，還是想當皇上？皇上應該也不要叫宮女餵飯吧？

不過，只要一切平安，林希陽和她都覺得自己不應該說話。林希柔還勸林希陽，「我們少管他吧，他有他的自由選擇。」

父親有了一個「一統天下」的同居人之後，平靜了一段日子。不過，事情又發生了。

「我有事情要找您，我姓曾，叫曾瑞敏，我是妳母親生前的朋友，曾經在醫院擔任過護理長，妳曾經請我們吃一頓飯，不知可否記得？我有重要的事找您。」

這人留訊息在林希柔的臉書私訊裡。

通常林希柔不會回覆這種私訊，詐騙集團太多了，都先用「猜猜我是誰」、「我是幫您服務過的×副理」、「我們之前在音樂會認識，請私訊我」……各種方法來攀親帶故，可是……她歪頭一想，這一位是有印象的。後來母親生病的時候，她常來探望，林希柔曾經碰過她幾次。她叫她曾姊。

此人看來就是個俐落的女人。

一通電話後，她聽到相當震撼的訊息：「林小姐，我是不愛說人家是非的，可是妳媽以前跟我認識，也對我很好，常請我吃飯，所以我想了半天，一定要告訴你們，那個姓江的，請小心……我以前碰過她。她常在醫院出入，因為身心的確有問題……」

就是那個阿通叔帶來的染紅頭髮的女人江妃淑。

「看起來人好好的，不過……只要對她好的人，在後來都會變成她的仇人，都跟她翻臉了，她自己的心態有很大問題。她也有一些執照，保母的，老人照護的，可是只要是被她看護過的家庭，後來都發生了一些怪事……我印象最深刻的是有一個嬰兒，腦袋撞了個大包，送到醫院來，腦出血，還好後來救活了，她一直對家屬道歉，說是一時不小心小孩掉下床……這是多年前的事了，沒有錄影可以佐證，還好後來沒事，人家看她道歉得很誠懇，沒告她，可是……可是我是醫護人員，我們知道那個傷並不是小孩從床上掉下來的……在這件事發生之前，她曾經跟小孩的祖母發生過口角……可能就報復在小孩身上。她可以主張精神有問題，沒有刑責。」

天哪，又來了，糟了……陰風颯颯吹動染血的白旗幡，恐怖片要開始的 Fu……因為她有長期就診紀錄。

讓爸爸在愛情的幸福湖泊中游泳，為什麼遠在天邊的我要那麼提心吊膽，感覺黑暗世界的催狂魔一次又一次地來到我的眼前……

「謝謝妳。」林希柔保持著冷靜。她必須做個理性的人，不能隨情緒起舞……何況，只有單方面的供詞，不能當成唯一的判案依據，不是嗎？

她都住進去家裡了怎麼辦？

而且我的確對她不錯。林志深在疫情大隔離之後，說想要出去旅行，從花蓮玩到墾丁，一個訊息傳過來，要女兒幫他挑選飯店：「妳幫我挑的，我都很滿意」……這個意思林希柔一向看得懂，也就是要她訂飯店，安排行程，付錢。沒能在父親身邊時照料的她，基於彌補心態，在付錢上都不小氣。

對她好，她還會恩將仇報嗎？病態心理學中，的確有。現實中也不是沒發生過。

林希柔自己在幾年前還針對「幫助發生車禍者送醫反而被告的社會事件」寫過一篇通俗文章，探討這樣的灰暗扭曲。她寫得很含蓄了。大致歸納點是他們看不到別人的優點和善良，只要你對他好，他就軟土深掘；你幫他，他表面上感激，但心裡想的是：你幹嘛因為幫我而洋洋自得，我就是不要看到你高高在上的樣子！他們表裡不如一，很不可思議地會利用別人的善意。這種人，你剛跟他相處，是看不出來的，他會呈現熱情友善的樣子，不過不多久你可能會發現他心胸狹隘，疑心病重，愛占便宜，會對某些發生在自己身上稀鬆平常的小事件進行負面解讀，對不在場的朋友評述和他在跟前時不一樣。

恩將仇報，反過來要脅、誣陷別人是病態，但因為他可能會得到一些好處，所以他會常用這種招數。這些人身邊會漸漸沒有朋友，因為日久見人心，旁邊的朋友一對照，就會發現他的居心。

後來她也處理過一個美少女輕生獲救的案例。美少女ＩＧ上的朋友實在不多，但是每天總有人上去對她做各式各樣的攻擊，說她未婚懷孕，說她劈腿，罵她賤女人……少女都忍著不說，某一天趁家長不在家時，去買了很多木炭……獲救之後家長報警調查，竟然發現所有的攻擊都來自於同一個ＩＰ……她最好的朋友，她有什麼都一起共享的朋友……她會把她漂亮的衣服都出借給她這位好朋友……

那個長相和成績都比較平凡的同學，對著林希柔說：「我就是不喜歡她的眼神，她越想給我東西，我就覺得她把我當乞丐……有什麼了不起！她憑什麼運氣那麼好，不公平！」

那一雙把復仇當成報恩的眼神，比任何鬼片裡頭的殺人狂更令她內心顫抖。那是一個她很想了解的世界，本來應該流動的關愛，是因為這些人心裡什麼樣的機制被轉成恨呢？到底這些人的心裡有什麼黑洞……就像……就像她也明白，媽媽應該是愛她的，可是為什麼在自己情緒不佳的時候，她的一切都被解讀為負面訊息，都是該殺千刀的？

她把曾護理長說的事情，說給林希陽聽。林希陽聽了她的轉述，沉默了半晌：

「現在看起來沒什麼事……我們……好像也不能……做些什麼事，對吧？」

我們只能等待。等待著事情的發生？

令人毛骨悚然的等待。林希柔想起了一部電影，史帝芬金的小說，書名片名她都忘了，寫的是一個作家被侵入他家中的和善粉絲威脅、控制，成為禁臠……這樣的事情，應該是小說家的想像……它，會發生在現實世界中，會發生在她身旁嗎？

然後牆縫慢慢崩裂了。

「我有件事想要請問妳，」江妃淑的訊息傳來，在她接受林希柔的招待到墾丁之後。「妳父親有一天跟我面對面吃飯的時候，忽然說我的眼袋變大了很難看，請問妳可以幫我介紹整型醫生嗎？」

這個容易，她大學時候的閨蜜，就是知名的整型醫師，自己開診所。

「噢，我跟妳介紹柯醫師，這個女醫師是我同學，她的技術很好……我以前也有眼眶凹陷的問題……她一下子就幫我解決了。復原期大概只有五天。」林希柔推薦她的朋友：「我幫妳問一下價格，應該可以有些折扣。」

「太好了，」她非常禮貌地說：「麻煩妳了，妳的眼睛看起來好自然，那我就放心了。」

林希柔向來很認真地把承諾過的事情辦好，她問了柯醫師，說是自己的阿姨想要來割眼袋，柯醫師很爽快地說，五折，收六萬就好了。

她把訊息回傳給江妃淑。

江妃淑要求她幫忙約時間。她覺得有點怪，妳不是我媽，而我也不是妳的祕書，我也不明白妳的行程表，這不是現代社會做事的方式。她請江妃淑自己打電話過去，說自己完全交代好了。

江妃淑口裡客客氣氣地說好。林希柔又補上一句：「她已經打了五折，不過，因為動手術還是件大事，妳可以多比較幾家。任何手術都不保證當事人滿意，妳要自己想好謹慎做決定。」

電話那頭似乎在等待些什麼，過了一會兒才說：「那這個費用……」

林希柔沒有聽出話中意思，她說：「應該是手術前就要付了。我們要自己付錢割自己的肉，一定要小心。既然是我爸嫌妳，妳應該可以找他付。」

後面那兩句話，只是開玩笑。不料，江妃淑用很不一樣的語氣回答：「這一點錢，老嫗本人也還是有的，不希罕誰付錢。」

就是……有點奇怪。一般人通常不會這麼嗆聲式的反應，好像這樣講傷了她，而她忽然變成一隻刺蝟。

後來林希柔曾經問過柯醫師，江妃淑有來找她嗎？沒有，一個諮詢電話都沒有。

那她來問自己，是什麼意思？

是認為我會像招待爸爸住好旅館那樣付錢？畢竟他們的旅行一連花了幾十萬元，林希柔都沒有皺一下眉頭，所以江妃淑認為自己的要求很穩妥會成功？開始軟土深掘？

林希柔忽然想起上次她請他們到文華酒店住宿，當晚，弟弟一家也來晚餐，連弟弟那在臺北念大學的女兒也一起來吃飯。飯後，大家一起去房間看看。江妃淑坐在床上，開心地對著爸爸大聲說：「唉喲，還好這個房間這麼舒適，不然我不給你睡喔……」

林希柔和弟弟都有點愣住。兩人都以為自己聽錯了，也沒再深究。在別人子孫面前像少女一樣賣弄風情？林志深好像沒有聽見。微重聽是本來就有的退化，但裝重聽卻是他常用的技術。

還是她自己找到更便宜的醫生與手術方式？……林希柔又覺得自己不可以胡亂懷疑人家。

而幾天後林希柔的臉書粉專出現這樣的話：

「妳這個整型怪，連眼袋都割過，真噁心！人家說自然最美，妳根本就是個沒心沒肺的人造人！」

匿名者的攻擊。話語間沒有邏輯……就算不憑專業，誰都可以意會到，寫的這個人腦袋有些不對勁，也就是大家笑稱的短路。

林希柔好像看到了一座由海砂砌成的牆。剛開始好好的，隔了一段時間，裂縫出現，砂礫掉落……那一座牆，就是江妃淑。她的本性就要露出來了嗎？

自從電視攝影機讓所有瑕疵變得一目瞭然之後，每個人都非常注意自己的臉面光彩。她的柯同學看到她出現在電視上當兩性節目專家，主動打給她說：「妳這樣不行，我幫妳調整一下，就會年輕十歲。」恭敬不如從命，果然好多了。不過，柯醫師也沒有要她代言或宣傳，她也沒有機會跟任何人說過她動過眼袋手術，這一輩子真的只有因為江妃淑問起才說到這件事。

那個留言的人，明顯是她。不然還有誰？

然後，過了一陣子，還有更多的「酸民」，用各種名字，但是所用的語句很類似：前後沒有邏輯，先用很難聽的話罵人，帶著沒有正常邏輯的論述，通常都在夜深人靜時。

比如這一則：「妳這個賤人不孝女，完全沒有顧慮到老人家的心情需要，吝於付出，真可謂樹欲靜而風不止，子欲養而親不待……」

又是另一個名字發出的。相同點是喜歡引經據典，咬文嚼字，但缺乏一般正常人能夠理解的邏輯。

林希柔幾乎可以推斷，這是江妃淑的手筆。誰會說她吝於付出而心懷恨意呢？她已經是一個很慷慨的女兒，從母親罹癌後的鉅額標靶藥物自費費用，到父親旅遊經費等等，她都一個人扛下來，並且放棄了所有繼承權利。就算是情緒難以伺候的媽媽還在世，對她這一點恐怕也無法挑剔。

那道海砂築成的牆，就跟曾護理長所說的一樣，開始裂了，而且一旦裂了，就無法用任何方式修補好。這樣的人，或許該說是個完美主義者吧……她想要控制所有周遭環境，不管自己完不完美，別人對待她必得完美，如果有一點不順心，她就會反愛為恨……

她自己沒太大關係，但是爸爸跟那個人住在同一個屋簷下……

林希柔把自己的判斷告訴弟弟。

弟弟沉默了一會兒說：「很可能。之前，她告訴我她的電話壞了，聯絡上會不太方便。我換掉了 iPhone 13，就把舊的給她，怕她要跟我聯絡爸爸的事情沒手機。可是偶然機會裡，我回老家去幫忙清洗冷氣，我發現不是這樣的……她有四五支電話……我覺得很奇怪，一個人為什麼那麼多支……？

「我後來在想，她曾經跟阿雪聊天，聊起她的小孩，她忽然用很刻薄的語氣在罵他們不孝，賤人，沒心沒肺，連親媽都不理。她有四個小孩……她六十多歲，那些小孩也都三四十了……姊，我在想，一個小孩不理她，她可以說那個小孩不孝也就算了，四個都不理她，只要她打電話過去，都像碰到瘟神或搶匪，是怎麼回事……」

的確……這個人……有嚴重問題。完全是不定時炸彈。林希柔先把她封鎖了。她認為，理論上不要再跟她有連繫，免得又刺激到她。

「我和阿雪老早就把她封鎖了，」林希陽說：「因為她越來越離譜，常常來要求我們為她做這做那，阿雪人好，還被她當司機用……我們可不是無業遊民，每天都要工作。這個女人搞不清楚，她拿爸的薪水來幫忙他，我們可不是她的僕人！爸爸真是夠了，怎麼會找一個越幫越忙的？」

很快的，牆角又崩塌了一大塊。

林希陽發現本來喜歡到處走走、參加同學會和各種聚餐活動的爸爸變得足不出戶……連他送東西回去，都沒有看到爸爸，只有江妃淑來應門把東西拿走……她說：「因為聽說現在疫情有變種病毒來了，你爸爸很緊張，所以只敢躲在房間裡。」是這樣嗎？

這個星期，雖然所有訊息都有回……打電話回去，爸爸不是在上廁所就是在睡覺。訊息是爸爸自己回的嗎？超級不確定……還好有老家的鄰居也告訴林希陽，爸爸雖然沒出門，還好有聽到老人家在跟江妃淑講話或者吵架的聲音……「老人家重聽，說話總是很大聲，老建築的牆壁完全沒有隔音效果。所以他們都聽得見，他們說，有時候感覺兩個人在吵架！一會兒又沒事了……這至少表示爸爸還活著，唉喲喂呀……這些瘟神，真的是一個比一個厲害。」林希陽來報告：「我心裡毛毛的，明天和阿雪回去看看！」

然後，林希柔和林希陽都接到江妃淑用爸爸的手機傳來：我因為個人生涯規劃，受邀參與朋友的未來銀行籌備工作，無法再擔任您父親的管家，謝謝您的照顧。

她可能以為，林家姊弟都忙，不能夠缺少她吧。

沒想到，林家姊弟根本串通好，都只回了一句話：「謝謝，您辛苦了。」

過一個小時，爸爸傳來的簡訊就變成：「她對我很重要，我不能沒有她，請幫我挽回她……」

林希柔火了。這麼愚劣的自導自演，鬼才會看不出來，都嘛是妳在搞！妳是要錢，還是要來當我媽？

此時林希陽已經不告而回到家，不管江妃淑怎麼擋，他就是堅持進入……他找到了在中午還熟睡如嬰兒的爸爸……發現這個老人樣子比一週前看到的蒼老許多。他喚了他幾聲，醒也沒醒，顯然被餵了安眠藥。

林希陽乾脆叫了救護車把爸爸送醫院。

等了好久，他才醒來。沒啥大恙。林志深說：「我也不知道為什麼，最近好累，一吃完中飯，我就想睡，一睡，就是到晚上，然後整個晚上就睡不著了，感覺自己呼吸不過來……」

林希柔也在此時趕回來。江妃淑還在一邊，溫柔婉約地切著水果，沒事人一樣地說：「你爸爸最喜歡吃紅心芭樂了，妳看，我都把籽挖掉，這樣老人家才會消化。」

爸爸的眼神變得比以前呆滯多了。

「辛苦妳了。」現在這兩姊弟謹言慎行，只敢回這句話。

「你們忙沒關係，我在醫院陪他就好。」江妃淑說。

「我們兩個今天一點也不忙，我們決定都住在醫院裡。」林希柔說：「辛苦妳了，妳先回去吧。」

盡量不要流露出任何一點異狀。假裝沒事地演著一齣戲。

江妃淑走後，之前來打小報告的曾瑞敏護理長來了。她簡單地說了一些這個女人這些年來在這醫院發生的故事，曾經有一個被她看顧的老人家，也因為每天昏睡，被家人送醫過。林希柔沒太認真聽，她大概已經明白，這是個絕對不單純的問題。

清醒的林志深，也並不是會全然說實話的人。花了很多力氣，才問出一點因由。這些日子，江妃淑都跟他鬧，說是她付出了這麼多，萬一他走了，那麼她該怎麼辦？她建議他娶她，這樣，萬一他怎麼樣了，她至少有終身俸可以養老。

林志深又悠悠說了他在太太葬禮上跟女兒說的那一句：「可是我這輩子不要再結婚了……」

「你真是的，不管你結不結婚，你要跟誰怎樣，好歹也挑一下……」林希陽先發難了。

林志深沒聽到。他不想聽的話，一向聽不到。也好。

林希柔對事情始末差不多清楚了。這個女人一直想要掌控，一掌控不到就變臉。曾護理長說得對，她從來不會跟對她好的人一直很好，只要有一點點處不好，她的恨意就會排山倒海而來……

如果沒有太大的災難或恐怖的記憶，小孩是不會不要父母的，能夠搞到四個小孩都不理她，這個女人……還真行，只是她在現代社會中還被視為是個正常人，在沒有出人命、鬧大事以前，又能對她怎麼樣？

妳要耍狠，那麼我就不客氣了。

當遇到最艱難的關卡，一直在鼓吹正向心理學的林希柔不是弱者，也絕對不認為自己應該軟弱！她想到了一個方法。她沒有要報復這個永遠在製造災難的女人，她都在垂暮之年了，她的人生因為她扭曲的性格，其實也已經自嘗惡果很久……林家姊弟只是必須合力請她走，不能等到有任何傷亡。

她請律師遞狀，要把午夜時刻在她臉書謾罵的酸民找出來。她挑的那十幾位，她有把握，大概有八成是江妃淑，其中除了罵她賤，還有罵她活該絕子絕孫的，還有什麼老妖怪。這些肯定可以構成誹謗。只要請律師提出刑事告訴，那麼網路警察也非得查出來此人不可。她有把握，因為江妃淑還真的很不謹慎，她用了一個直譯的名字JUNG FEI SU——那不是她是誰？帳號太多，總有不謹慎之處。

女人何苦難為女人，林希柔覺得好笑，妳自己還更老呢不是嗎？為什麼不照照鏡子？連她和弟弟在醫院陪爸爸的那個半夜，江妃淑還用了兩三個名字在開罵，其中有一個寫著：「妳爸遭到報應了，所以才會昏迷不醒！」

她不夠聰明，誰知道她爸爸在醫院，不是她還有哪個神哪個鬼？

幾個月後，把她本人找出來，也告上了法院。林希柔沒有要為難她，和解條件是要她遠離，申請禁制令，不讓她靠近。林志深後來終於不得不搬到林希陽家裡住。

問題解決了嗎？還沒。「除非她找到下一個對象。」林希柔對林希陽說：「不然，我們小心點。這個世界上有些人很可憐，很難解釋，為什麼他們老不記得別人給他們的愛，但是一點恨就會讓他們成為威力強大的復仇者聯盟。」

林希柔知道自己人生問題不少，不過也極少耽溺在黑暗的水域泅泳太久。這個月她慷慨簽字離婚，兩人各自拿走各自的東西，沒有任何財產或感情的糾葛了。呂彥明也簽得很迅速，因為他的香港助理已經有四個月身孕。

「當你同時面臨一個問題又一個問題，有時候必須心懷感激……呵，因為第二個大問題，相對分散了第一個大問題所帶來的痛苦。」林希柔是這樣對黃秋惠說的。

「妳真想得開，很好，人還是要好好活下去最重要……」黃秋惠說：「噢，對了，我昨天傳給妳的連結妳看了沒？有個印度女人，替她不能生育的女兒懷孕，她都更年期好久了，現代醫學科技真酷，把受精卵放進去，一個枯萎的子宮還可以努力把孫子生出來……」

「哈哈，妳是要告訴我，我還有希望嗎？」

「那當然！只要活著就一定有希望，妳看，以前連肺病都是不治之症，連難產都沒有救，只要活得久，就有救啦……呵呵。」比起她來，林希柔高中時期的好班長黃秋惠，更是一個內心強大的樂觀主義者。

結語

不是最終的小節

不知不覺，上了一年課。

社區大學的最後一堂課，林希柔發給每個學生一張獎狀。鼓勵他們認真學習了這一年。

「李美雲！」

「有！」

有個很陌生的學生來到跟前。是一個微胖的女子，比她印象中的李美雲年輕很多，但輪廓依稀相似。李美雲是個可愛的學生，下課後會來問許多問題，也會陪她走到校門口，等她搭上車，不過，不知什麼原因，這一陣子就沒來上課……

社區大學實在沒有辦法約束學生的出席率，她只能用獎勵的方式，讓有來上百分之六十以上課程的學生得到獎狀。事實上，在不點名的狀況下，憑著簽到，也不是真的準確，幫忙別人簽到的狀況很多，只能睜隻眼閉隻眼，到頭來，是人人有獎。

「老師，我叫黎意文，我是李美雲女兒，是我媽叫我來的……」她自我介紹，然後拿出了一盒喜餅：「我媽說因為妳對她的勉勵，她努力地追求愛情，雖然……經過了很多挫折，不過她越挫越勇……她上個星期在紐西蘭結婚了，嫁給一個退休喪偶的校長。」黎意文有些害羞地說：「她交代我，一定要來替她領獎狀，還有替她買一盒喜餅，幫她送給老師。」

有張小卡片上面寫著：「老師的教導，讓我終身受用，我之前每一堂都來上，真的想上完老師的課，可是愛神告訴我，他不能等。」

林希柔看著這張很公主的婚紗照開心地笑了。照片裡是化著妖豔妝容的公主李美雲，身旁那位大概快七十歲了，但是依然站得很挺拔，眼神裡訴說著：我有能力護衛我的幸福。

「我的課這麼有用，我自己都不知道呢……」她對黎意文說。

「老師，我也要謝謝妳，妳替我和我妹除去一個心腹大患……」

「蛤？」

「就是我媽。她出國就沒有回來。說起來雖然不孝，但她看起來有了男人很快樂，其實我們也挺開心。但是我那個離家出走很多年的妹妹，搬回來家裡住了。我也發現，當我媽不在的時候，食物對我就沒有那麼大的吸引力，我才發現她在的時候我很焦慮，總是吃一大堆東西。哈哈，老師妳一定不相信，我媽不在，我減了十五公斤，我還在努力……」

「妳幫我告訴妳媽好嗎？我為她覺得開心，謝謝她的反饋，也讓我感覺自己很有收穫。」雖然是客套話，也是真心誠意說。

黎意文陪著林希柔走出教室。兩人沒有交談。校園裡的路燈把她們的背影拉得長長的，晚風習習，蟲鳴唧唧……這天的白天很燠熱，而晚上分外涼爽，秋天的確是她喜歡的天氣。

「老師，謝謝妳，再見啊。對了，這是我的名片，如果要買書的話，可以用我的員工價！」黎意文說。

母親離開的這一年，黎意文也不是沒有新的人生。

她真的開始減肥，其實是因為員工健康檢查時，被發現三十多歲的脂肪肝超過她五十多歲的頂頭上司。她忽然想起爸爸的死亡，這時母親嫁了，她獨居，萬一怎樣，可不是那麼好玩。所以，她現在不是很胖，只是微胖。微胖和很胖，還是有自信心的差別。

有一天，她在書店遇到一個人。那個人特意來找她。

一個陌生人，竟然知道她的名字。

「妳不知道我，我知道妳。」那個男人跟她差不多年紀。「我不是詐騙集團！」

「詐騙集團很少承認他是詐騙集團。」黎意文說。

「我曾經跟妳住在同一個病房。」那個男人說：「妳被火燒傷了，昏倒了，在殯儀館發生了某一件自焚案之後……」

她略略地記起來，隔壁床，總是把簾幕拉得密不透風。聽到她們家人的對話，總是在偷笑的隔壁床。

「你怎麼知道我在這裡工作？」

「妳跟妳妹妹和來看妳的朋友說，妳在這邊工作，想買書有折扣就可以來找妳！」

這是一家知名書店，沒人不知道。而她是個沒有換過工作的員工。

「我那時候被判定疑似甲狀腺癌，在切片，心情很差。」他說。「雖然妳沒有看到我，至少妳們家講話的樣子讓我笑得出來。妳可能也忘記了，我有偷看到妳床頭有一本宮本什麼的謀殺案小說，我有請妳唸一段給我聽……妳唸得很好，讓我忘掉了很多不愉快的事情。我那時候創業的公司資金鏈斷了，身體又垮了，心情超差，聽了那個謀殺案就比較好了，有人比我慘，至少我還明明白白地活著……不是嗎？」

果然人人都喜歡誇張的狗血劇以及別人倒大楣的謀殺案，足以印證自己還是幸福的。黎意文想。

「所以是良性？沒事了？」黎意文問。

「不是，」他竟然笑了：「還真是惡性的。不過，暫時沒事，治療後，醫生說好好觀察，幾十年死不了。」

「那你為什麼來找我？」黎意文問。

「我想要買那本我沒看完的謀殺案！」他說。「不用打折也沒關係。」

那本書，應該是宮部美幸的得獎作《理由》。每個人都有每個人的理由，連殺人也有殺人的理由。

好多年沒交新朋友的黎意文有了新朋友。媽媽自己找幸福去了，她心裡也少了負擔，她換了工作，在這個人和他撿回命的電商公司上班當企劃及文案。她挺喜歡這個工作，以她天生的毒舌，也很適合在行銷文案上當創新者，別出心裁創造的業績都還不錯。這是她這輩子第一次換工作。能換，也許也是好的，因為沒多久，原來那家知名書店宣布，在漫長的疫情期間，經營不下去了，宣布收攤。就在她離職後三個月。原來，一直以為自己是為了照顧沒有生存能力的老媽而犧牲，沒想到老媽其實也認為自己在為照顧沒有生活能力的女兒而犧牲，不得不待在原地。老媽先飛了，彼此的牽絆少了。

黎意文和媽媽的老師林希柔簡述了這些。她覺得自己不必太詳細地告訴老師，其實，那本謀殺案在當紅娘，而我在談戀愛……未來誰也拿不準，都是冒險行程，不是嗎？雖然，感情這件事，不管目前如何，將來都可能有驚濤駭浪，不可能平靜無波……搞不好也會變謀殺案，可是它還是人類餐桌上最有趣的食物之一。

「真好。一個人找到了出口，一家子都有了出口，這應該是喜劇。」林希柔說。

林希柔的爸爸終於同意搬到弟弟家裡，弟弟說，爸爸又有新的戀曲，這一次是一位在附近餐廳打工的阿姨。這位阿姨又是有夫之婦。「其實，雖然叫做阿姨，也大不了我十歲，她的老公好像已經是植物人了，一直在安養院，姊，這樣是不是安全些，不會有仙人跳發生？」

「如果要跳，還是能跳的……」林希柔說。呵呵，難怪愛神的形象都是飛翔的嬰兒，活蹦亂跳……不過，也管不了那麼多了，看來，只要有一口氣在，人們都會想要多嘗一點愛情的味道吧。甜美又危險的味覺挑戰，也許藏在路上的小角落中，就像《哈利波特》那本書裡寫的魔法港口鑰一樣，一下子就把人從眼前的狀況帶到另一個幸福又危險的陌生江湖。

哈哈，渴愛的心本身就熱愛某種仙人跳吧。

明天，她還要去看呂懷，那個縱火少年。婚姻不成，道義在。一個沒有愛的孩子，某一天遇到愛，或等他學會愛自己了，也一樣會開啟無限可能……

她仍然這麼相信著。

每個人都在等，她也還在等。不管能不能等得到，能等，就是好的。

「妳是林老師嗎？很冒昧打擾您……我叫小花，妳不認識我……」那個陌生的聲音微微顫抖著。「這個電話是妳爸爸給我的。」

「有什麼事嗎？」就好像一隻貓本來悠悠遊遊地穿過了小巷，忽然撞見了一個從來沒看過的動物，本能地把全身的毛豎直了。

「有件事情真不好意思要跟妳說。我是妳爸爸的按摩師。幾個月前，我因為要開店，所以跟地下錢莊借了一筆錢周轉……？」

不認識的人談到有關錢的事情，肯定是詐騙集團。

林希柔想直接掛掉電話。

「這個關我什麼事？」她的語氣嚴峻起來。

「我……還不出錢來，所以我在躲黑道……」

她更肯定了，這是詐騙集團。爸爸怎麼會把自己的電話隨便給了一個奇怪的女人？別想來對我詐財。

就在她決定掛掉電話的前一秒鐘，那一頭說：「妳爸爸是我的保人……」

啊？啊喲……這是真的，還是詐騙集團的陷阱？

「我很抱歉，我怕有人會去找他……沒事了，因為妳爸爸說他重聽聽不清楚，叫我打給妳。就這樣，不好意思。我現在懷孕了，為了小孩的安全，我一定要先躲起來。」

懷孕？她愣了一下。

「噢妳不要誤會，那是我男朋友的小孩，我確定。」叫小花的女人說。

林希柔覺得自己像忽然掉進流沙裡一樣，這樣的感覺，在她母親過世之後，其實也並不陌生。

她在風中苦笑了兩聲，冷風灌進了她的風衣裡，她抓緊了領口往前行……

這時候能夠有正面思維嗎？

她企圖告訴自己，有沒有什麼「幸虧沒有更糟」的事情可以安慰自己的心情？如果那個還沒有出世的小孩是自己的弟妹，震撼力是不是會更大？她也不確定。

唯一可以安慰自己的是，最近光怪陸離的事情遇多了，這通電話顯得也沒那麼令人驚訝……她只能對自己喃喃自語：人生很難，有時候要善於等待，有時候要披荊斬棘，不管在什麼年紀，都有層出不窮的問題，自己的問題，親人的問題，別人的問題……只要活著，呵呵，都要面對問題。

後記　關於編輯的一點回憶

資深出版人／余宜芳

這兩天忙，很晚才得知關於淡如寫作的新聞，我想，曾經身為她的編輯，在這件事上多少有些發言權吧。

我和淡如有一點奇妙的緣分，我們在北一女只差一屆，而且都是「平」班，她的高中同桌更是我多年好友，但真正「認識」她是在二〇〇八年，我們都已步入中年，我接任天下文化執行副總編輯之後，當時她已在天下文化出書多年，以實用書為主軸，暢銷書不斷。偶爾，我們會相約討論未來的新書主題，聊著聊著才知彼此有一些相似背景，以及她是僅大我三個月的高中學姐。沒辦法，她早讀又聰明，總是可以同時做很多事，記得有一次會議空檔，她跟我解釋如何用手機遙控其它事業，例如當時還在宜蘭經營的餐廳及民宿，偶爾又很熱心教我理財，大概她覺得我這方面開竅太晚很不靈光，忍不住要提點一下。如果我沒記錯，這種動腦會議非常有效率，每次聊天總可以激盪出一些點子。

隔了幾年我轉到時報出版工作，大概覺得彼此溝通還算愉快，她願意把陸續為媒體而寫的專欄散文交給我處理，並且特別加寫好幾篇文章，這是《從此，不再勉強自己》，裡面有很多中年的心情，中年人的豁達與通透，那個時候她已經說自己本質上更喜歡當商人了，書的銷售很好，不斷再刷。當時她往返兩岸念上海中歐商學院，商業觸角愈伸愈廣，海外房地產生意拓展得很不錯。愛寫作，但不再喜歡討論書籍的暢銷與否，她會盡到作者的打書責任卻再也不想被銷售數字綁架了。

在時報服務那幾年，淡如對生意的興趣愈來愈濃，寫作腳步刻意慢了下來，只出了上面的散文，以及一本小說《各自辜負的那些年》，小說賣得很普通，她也不在乎，她就是愛寫想寫。我感覺得到，雖然出版很多實用書，理財書、勵志書，但對她來說那些並不是真正的創作，她的文學熱情一直都在，潛伏著，暗暗流動著，現實的人生體驗都是滋養。

後來離開時報成立「有方文化」，好久沒出書的淡如義氣十足地又交給我一本散文文稿，《人生雖已看破，仍要突破》。同樣是很好看很帥氣的中年心情，寫她開始跑馬拉松跑戈壁，我這個從來不運動的人從這本書得到很大的激勵。有天收到序文時，居然是手寫的稿件！好奇為什麼突然想要用稿紙寫文章，回到古典時期，她的回答好像是那天特別懷念手寫的感覺。大概文青魂突然發作了吧，我想。從編輯對文字的敏感度來看，淡如的散文和小說毫無疑義是她自己的創作。而她的實用書就像她平日的說話般，不囉嗦直入核心。她最近的一本散文《所有的過去，都將以另一種形式歸來》十分動人，直率、真摯，文字優美，看完忍不住推薦給朋友。

和淡如一直是「淡如水」的朋友，可以好幾年不見面，有事再聯絡，見面時說話也都很開心，這種有距離感的相處我覺得滿自在。她的活力、意志力及各方面不斷突破的創造力，我等凡人當然遠遠追不上，但不妨礙對她的欣賞。新聞只有一兩天的熱度，以淡如的強韌，也真不是大事。寫下這些，權當留下一些編輯生涯的回憶。■

人生顧問 475

爸爸我要娶，媽媽我要嫁

作　　者—吳淡如
主編暨企劃—葉蘭芳
校　　對—聞若婷
封面設計協力—FE設計葉馥儀
美術協力—Littse
作者照片提供—崴爺
內頁插畫—吳淡如
內頁排版—張靜怡

董事長—趙政岷
出版者—時報文化出版企業股份有限公司
一〇八〇一九臺北市和平西路三段二四〇號三樓
發行專線—（〇二）二三〇六—六八四二
讀者服務專線—〇八〇〇—二三一—七〇五
（〇二）二三〇四—七一〇三
讀者服務傳真—（〇二）二三〇四—六八五八
郵撥—一九三四四七二四時報文化出版公司
信箱—一〇八九九臺北華江橋郵局第九九信箱

時報悅讀網—http://www.readingtimes.com.tw
法律顧問—理律法律事務所　陳長文律師、李念祖律師
印　　刷—綋億印刷有限公司
初版一刷—二〇二三年三月十日
定　　價—新臺幣三三〇元

時報文化出版公司成立於一九七五年，
一九九九年股票上櫃公開發行，二〇〇八年脫離中時集團非屬旺中，
以「尊重智慧與創意的文化事業」為信念。

爸爸我要娶，媽媽我要嫁／吳淡如文 .
-- 初版 . -- 臺北市：時報文化出版企業股份有限公司 , 2023.03
360 面；14.8×21 公分 .
ISBN 978-626-353-479-7（平裝）

863.57　　112000816

ISBN 978-626-353-479-7
Printed in Taiwan